CONTENTS

目录

PART 1

×

成长，让我成为自己喜欢的样子

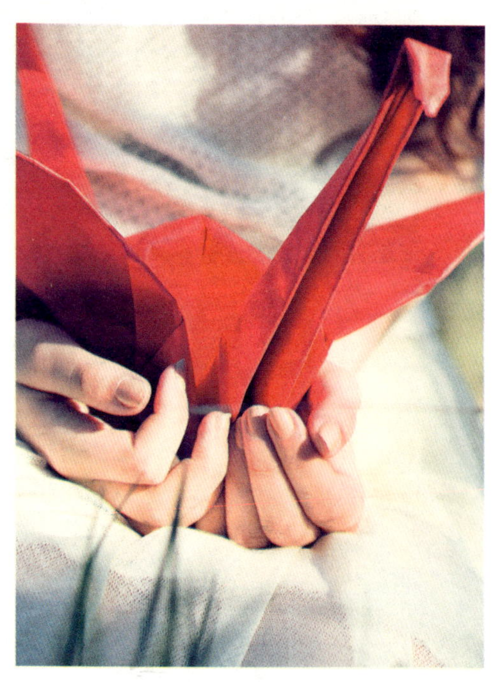

×

PART2

×

爱，把心动
变成一生的陪伴

X

PART3

生活，缩短还是
加长了与梦想的距离？

X

Be Someone

You Most

Admire

做一个
自己喜欢的
女　子

/温/柔/且/坚/定/

林特特
艾小羊
主编

CNS 湖南文艺出版社 HUNAN LITERATURE AND ART PUBLISHING HOUSE 博集天卷 CS-BOOKY

做一个自己喜欢的女子：温柔且坚定

PART1

成长，让我成为自己喜欢的样子

远离让你感到自卑的人

文/林特特

一·

从前，我有个上司，能力很强。

他不主动带徒弟，但言传身教，耳濡目染，跟他的人总能学到许多。他的履历金光闪闪，业界常有牛人表示与他相识于微时。他的脾气和他的成就成正比，公司上下，无人不知，他急起来便拍桌子、瞪眼睛，句句话戳人心窝。他最宠爱的臂膀见了他，腿都直不起来，更别说那些小喽啰、刚入职的毕业生了。“太差了”“窝囊废”，类似的话，总在他入木三分的业务点评后被当作结束语。

一代新人换旧人，他的公司更新换代特别勤。

一个长发女生告诉我，有一天，她下了班，在停车场迟迟没法启动车辆，一抬头，镜子里长发裹着一张哭泣的脸："他的每一句话，都让我觉得我很失败。"

更让她受不了的是，一次，她和外地来探亲的妈妈在街上偶遇了他。她介绍："这是王总，这是我妈。"而作为老板的他，不知是否对长发女生的工作有意见，竟扬长而去，连头都没冲这对母女点一下。

长发女生羽翼一丰，就跳槽了。

那天的经历让她难堪："我像一个垃圾。"而从小到大，她都是妈妈的骄傲。

"跟着王总成长很快，但那成长伴随着……自卑、绝望，现在走过原公司，我还有生理反应：不喜欢自己。"

她挑选形容词时，斟酌半晌，我点点头，谁不是呢？

二·

从前，我有个女友，几乎完美。一百分的家世、成绩、婚姻，毕业经年，再见面，还有一百分的儿女。

她很努力。在凌晨发布的照片常是空荡无人的街，"刚下班"；

六点，她又出现在晨跑的路上，与之搭配的表情是一条胳膊，做加油状。好几次聚会，大家喝咖啡，她的电话总是络绎不绝。

大家把孩子往游乐园一扔，在一旁闲话，她打开电脑，开始工作。晚上再看她的网络空间，正是以我们为背景、她在电脑前的自拍。下面赞声一片，都说她："不浪费一点时间。"

是真不浪费。

终于，她放下电脑，在餐桌上与我们对话。很快，我就在之后的某一天看到她又联系了什么客户，结交了什么朋友，做了什么新选题，而这些创意、人脉、新鲜灵感，很大一部分是那次聚会中，我们无意讨论，她有心获悉的。

再见面，大家便有些不自在。

当她不在，终于爆发。

"她让我感觉，我不上进。"

"是啊，同样的机会，为什么我没抓住？"

"我的灵光一现，她竟做出了方案。"

"我说认识谁，第二天，就接到她的电话，求介绍……后来他们就单独联系了。"

"我们是不是在嫉妒？"

善良的人都在心里为自己画了个"×"。

可渐渐地，聚会便没有了她，有时是她忙，有时是大家忘了——

没刻意不通知，却也不再刻意通知。直至，一个女友告诉我，已经屏蔽了她。

“我总被人说，你看张辉……”张辉即是她。

“你们不是闺密吗？为什么张辉能……而你……”

其实，我也屏蔽了她。

“而你太懒”“而你不积极”“而你同时认识的谁，你没把握好”……

她像电影院第一排站起来的人，在她身后的都不得不站起来。只要关注她，类似自卑、自责的情绪就会围绕我，可作为一个成年人，我为什么要被她左右，不喜欢自己？

三·

从前，我见过一对情侣。非常般配，十年感情，即将迈入婚姻。我参加过他俩主办的沙龙，大腕云集，女孩是主持人，男孩是主讲人。

沙龙快结束时，女孩致辞，提到男孩，爱意满满：“如果没有他，这件事就做不成。”

可男孩呢？

后来，我们开过一次会，他俩都在，女孩一发言就被男孩拦下。“她说不清楚”“我来说”“你听我说”“是这样的”……

女孩终于什么也不说了。

男孩的QQ签名是“我爱老婆”，各种场合也没见他对女孩有二心。他今天忽然找到我，因为试婚纱时，女孩竟向他提出分手。他描述了当时的场景：

打扮妥当的女孩问："好看吗？"他看了一眼，用一贯的口吻评价："还成，反正颜值本来就不是你的强项。"

一石激起千层浪。或者说，冰冻三尺非一日之寒。

女孩当场脸色大变，装修时他对自己的品位怀疑，挑戒指时他对自己的要求鄙夷，路边随便路过一个胸大腿长的美女，他都会开玩笑说"你看你就像一个矮冬瓜"，她将心里微微泛起的苦的涟漪全盘托出。

"想到未来几十年，都要忍耐你的语言暴力，想到你用一句'只是笑话别介意'就可以解释，'一点小事也要生气'指责我，我就没信心继续了。"这是女孩给他的最后一条短信。

"一点小事，也要生气？"他问。

我忽然想起从前的上司、从前的女友，并说给男孩听。他们无一例外都很优秀，某种程度上，人畜无害，甚至有益。

"一个人不喜欢你，可能只是因为，你传递给他的信息让他自卑。日久天长，负面情绪累积，他与其不喜欢自己，不如不喜欢你。"

容易自卑的你、我、他，都有这种选择的权利。

大部分的人二十岁的时候就死了

文/黄佟佟

一.

我第一次思考全职太太这件事，是在采访完息影女星之后，我觉得她像一个轻巧的使者，揭开了一个我非常不熟悉的行业的一角，那是在风光与幸福之后的艰辛和不易。所以，后来我碰到维云的时候有了一点点的底气。

维云是我在活动上碰到的一个二十五岁的女孩子，我至今还记得她那张焦灼无助的脸，这张脸的轮廓原来是美的，但因为浮肿和焦虑，她已经变成了现在这个样子。签书的时候，她突然拉着我的手，飞快地诉说——一个二十五岁，有两个孩子的年轻妈妈、全职太太进退维谷的困境。

维云一毕业就结婚，老公是大学同学，急急生了两个孩子。生完老二后，发现自己好像得了忧郁症，一是因为一个人带两个孩子实在太辛苦，二是老公对她的态度越来越差。想想也是，原来是娇弱的女大学生，男朋友捧在手上的美女一个，不料一掉到琐碎的生活里，一切都现了原形，日子好像已经到了过不下去的境地了。“快疯了快疯了。”她说，也想过要出去工作，老公强烈反对，心里也知道不现实，一是没有工作经验，二是得的那点钱还不如一壶酱油钱，两个孩子怎么办？三是自己在镜子里照照也知道没办法出去，已经胖得不成人形了，可是两个孩子缠身，哪里还有心思打扮减肥！

心里是委屈的，不是为了爱情、为了老公、为了孩子才牺牲成这样的吗？怎么却没有人领情？老公下了班的脸色更差，为什么你成天在家里，家里还那么脏乱？为什么用钱用得那么快？你以为挣钱很容易吗？……

十万个为什么，她也很想问为什么，一个好好的、二十五岁的姑娘怎么就变成了被全世界都踩在脚底的师奶？别的女孩二十五岁还娇媚如花，自己却已经生生地过成了肥肿难辨、焦虑不堪的两个孩子的妈。

嗷嗷待哺的孩子，面色不佳的老公，帮不上忙的父母……一想到这绝望的日子至少还得熬十年，她就快疯了。

维云拉着我的手问我怎么办，我只得喃喃地说："到时候在报纸上答你吧。"后来我在报纸上语焉不详地励志了一大通，我不知道后来她有没有走出困境，我希望她走出来了，但我知道有可能更糟，糟到她以后再也没来找我。

真惭愧。

可是我也明白，其实人生的任何困境，别人基本上都是帮不到你的。自我的救赎，多数都只能靠自己，靠自己去悟，靠自己去拼，这样的救赎才能真正牢靠和有效。

二·

2013年，我去了韩国和日本，路上碰到一些风姿绰约的熟女。导游说那都是全职太太，导游说做全职太太既可以照顾家人，又可以自由地支配时间，特别是那些天生热爱生活的女人，可以从家务和家庭生活里找到极大的乐趣——这是我第一次知道原来全职太太可以做得那么高兴和优雅。

韩国和日本，我很难想象国内年轻的女孩可以在一穷二白的状态下，成为一个快乐的全职太太，因为这实在是一个极危险性价比极低的行业。

从美誉度上，它就有点暧昧不清，经历过1949年之后妇女翻身运动的人们从潜意识里认为全职太太是寄生虫。其次，她在家人心目中受敬仰的程度也颇低。同样是全职太太，一个传统的意大利全职太太和一个传统的中国全职太太职能一样，但所得的待遇几乎是完全不一样的。我有一个闺密的朋友嫁给了一个意大利人，嫁过去之后，她最大的惊叹是她的意大利婆婆在家族中有着超乎想象的重要地位。一方面，婆婆热情能干、麻利到超乎想象；另一方面，婆婆的权威也不容挑战。

“我婆婆在整个家庭里的角色，是我从她的日常活动中渐渐感悟出来的，她的权威来自她的一举一动。妈妈是意大利男人灵魂的核心，这是无疑的。老婆们都不要去问意大利男人‘你妈和我掉水里先救谁’这样的问题。在意大利，没有女人可以和妈妈比，我们的朋友卢卡，在他妈妈过世三个月后，把她的头像文在心脏的上方。”

在家庭这个系统里，意大利妈妈是家族的核心，在某种程度上，她的勤劳和事无巨细的操心与一个中国潮汕妈妈的付出一样，但她明显比中国的全职妈妈更具有权威。再通俗一点说，意大利妈妈、意大利全职太太是有职业骄傲感的，她是家里所有人的太阳，温暖撒遍大地，她说话可以特别大声。可是我们眼光所及的潮汕妈妈，在付出那么多劳动之后，她似乎在家庭中并没有那么重要的地位，更不具有权威。她确实赢得了一个贤惠的美名，但仅仅如此，这不过是一个会伺候人的女人。

很多的全职太太没有职业荣誉感，反而觉得低人一等，只有无尽琐碎的劳动，却不能获得家庭成员的敬重，更不能获得社会的承认。最可怕的一点是整个社会系统都不支持全职太太。

最明显的一点是，一个没有工作的全职太太在一场离婚官司里没有任何议价能力。按照中国的法律，如果要离婚，要不到孩子，只有被扫地出门的份——全职太太是一朵需要呵护的花儿，在焦干的生存土壤里，全职太太还能干得风生水起？做梦吧！

三·

当然，我也碰到过快乐的全职太太。

我认识的、做全职太太做得风生水起的女人，全部都是退役的职场高手，她们常常因为孩子或者厌倦了职场，或者想再生第二个孩子，而在人生的某个阶段选择了成为全职太太。对她们来说，全职太太更像一个自由职业，这个自由职业可以让她们自由安排时间，去做自己想做的事。而且通常，她们都会比上班的时候开心，这是为什么呢？

第一，因为她们已经有了成熟的人生观和稳定的价值观，这样不容易空虚。第二，因为她们有了成熟的人际网络，人际支持系统较强。第三，因为这是她们自己的选择，她们一早就明白当一个全职太太的所失所得。她们喜欢烤蛋糕时的香气胜过打印机的味道，她们觉得伺候花草比人际纠纷更有意义，她们一点也不会觉得当全职太太没有价值，反而觉得选择家庭和家人更让人开心。第四，她们的决定通常是她们与伴侣共同做出的，她们的伴侣通常很尊重她们，也很倚重她们。

末了，最重要的一点是，她们没有在全职太太这份貌似自由随意的职业里放弃自我成长和自我增值，比如我有个当全职太太的朋友，生完孩子后一直在博客上写育儿笔记和烹饪心得。因为写得早、写得好，她成为许多品牌争相网罗的对象，她的名气、收入绝对不比之前在报社差。

四·

世界上最强大的女人之一——安吉丽娜·朱莉有一句名言："生命总是伴随着无数挑战，唯有那些我们可以承担和掌控的挑战，才不会让人心生恐惧。"事实是，对于生活，没有人可以偷懒。不学习，不成长，不思考，基本上都是死路一条，不管男人还是女人，不管你在职场还是在家庭。

我看过太多生活不幸福的女孩，无论是有工作的还是没工作的，她们潜意识里把找个男人结婚当作自己的归宿，以为只要找到了那个男人，只要结了婚，这一辈子的工作就完成了。以后的事，就应该全由那个男人或者婚姻来负责了，就应该幸福了，维云的例子告诉我们，这是大错特错。

《约翰·克利斯朵夫》里有一段话，我常用来警醒自己："大半的人在二十岁或三十岁上就死了：一过这个年龄，他们只变了自己的影子；以后的生命不过是用来模仿自己，把以前真正有人味儿的时代所说的，所做的，所想的，一天天地重复，而且重复的方式越来越机械，越来越脱腔走板。"

作为一个人，最好的状态是每时每刻都在成长，这听上去很恐怖，实际很简单。比如你天天坚持锻炼，你让自己每天都轻盈结实，这就是增值。比如你闷了，你就去学个技能。爱吃米粉，就天天琢磨如何下好一碗湖南米粉，去找最好的粉，找最好的辣椒，找最好的腌菜。过了几年，你也可以成为整个城市里做米粉做得最好的人，说不定你失业后可以开个每天只卖五百碗粉的米粉店，也足以在这个城市里站稳脚根……

要成长，要学习，就像那个众人艳羡的息影女星在十几年的全职太太生涯之后，得出的最后结论："要保持一个学习的状态，如果你一直在学东西，你就是快乐的。学钢琴，你是快乐的；和朋友聊天，你是快乐的；比昨天多游了五十米是快乐的；看到海天一色时是快乐的；看到有云朵的天空很快乐；听到鸟叫很快乐；听到树叶在摇很快乐。"

是的，一直在学习，一直在成长，这种感觉真让人愉快，也真安心，因为只有在成长里我们才有安全感。如果你长得像仙女，年轻时也许会有很多人追求你，可是这并不意味着终生幸福，你也许仍然要在五十岁之后面对二奶、私生子的传闻。

人生没有这样的问题就有那样的问题，只有时间是永恒的，只有无常是永恒的，我们唯一能应对无常的，大约也就是那遇河搭桥、遇山开路的勇气，以及对自身所遇命运的谦卑和虔敬吧。

我曾经见过一个很快乐的女人，是在京都一家面店里，那个日本老妇人总是笑眯眯的，每当你下了单，她就会很快地将一碗热腾腾的面放到你面前，并且温柔地劝你马上吃，因为只有这个温度是最好吃的。

导游说老妇人这三十年里的每一天都在做同一碗乌冬面，可是她每天都用同样的诚心在做这一碗面，和天、和人、和水、和面对话，端出最用心做的一碗乌冬面。

无论做什么，都尽心尽力，在那里找到自己的道场，就算是一碗面，也能看出一个女人对生命的敬意。我想这样的女人，无论做什么都会很好，无论是在华尔街还是做全职太太。

过度规划未来是病，得治

文/李筱懿

年底，几乎每一个人都在规划未来。

比如我的朋友A，她给六岁的儿子展望2016，还硬要拉着我一起展望，因为我认识一位著名的钢琴老师，A想让老师听听她儿子的演奏水准，最好能收她儿子当学生。

A满脸光彩地对我说："你知道吗？谁都说我的孩子是天才，有音乐天分。"

我问"谁"包括哪些人。

A说："所有的亲戚朋友啊。"

我说："那也能信？"

A眼睛一翻："怎么不能信？"

A是我很欣赏的一位朋友，为人热诚，做事踏实，里里外外都是一把张罗的好手。可是，她的死穴是孩子，她所有的理性与淡定遇上孩子立刻灰飞烟灭，她觉得自己的孩子聪明漂亮且未来有无限可能，心有多大舞台就有多大，十篇微信八篇晒娃，才六岁的孩子，已经规划到了结婚生子，还经常思考怎样与将来的儿媳妇搞好关系。

为了友情，这些夸张我都忍了，坚持每天给她的娃点赞。

所以，钢琴老师这件事我很慎重，反复叮咛老师一定口下留情，即便孩子资质平平也说两句好听的，老师脆生生拍着我的肩膀答应了："放心，我情商高会说话，来，快把这几本书给我签好名。"

我乐颠颠地签名，终于放心。

演奏那天，孩子断断续续弹了首《小星星变奏曲》。

弹完，A满脸期待，说："怎么样，老师？我想让他跟你学琴，学一年就可以考级，他的未来我都规划好了。"

老师表情复杂，我向她使劲使眼色，她斟酌了很久，说："其实呢，钢琴也就是个兴趣，随便弹弹算了，不用要求太高。"

我心一沉，说好的情商高呢？我用眼神送过去两道寒光。

A很不悦，大声说："所有人都说这孩子有天分。"

老师笑笑："是所有熟人都说吧？那是客气，反正不是自己家孩子，假话好听，真话伤人，别太上心。”

我的心越沉越低，恨不得冲过去站在两人中间。

A压着脾气，继续说：“你怎么能凭一首曲子就断定孩子没有天分？太轻率了。”

老师耸耸肩膀：“我弹了四十年琴，见了无数个三岁以上的孩子和成人，我知道天分是什么样子；另外，我也有孩子，我更知道当妈的对孩子是什么眼神。”

A已经不能保持礼貌，怒气冲冲抓起包，在门口叫住儿子，绝尘而去。

我下不了台地对老师说：“刚才的话太直接了。”

老师一边收拾琴谱一边答：“开口之前我也纠结，你说对方是不错的朋友，我才讲了真话，而且是比较委婉的真话。更直接的是，这孩子既没有天分也不喜欢弹琴，之前的训练不成章法，纯粹是他妈妈逼出来的，进门第一眼我就看出来了，所以，不想让家长白费功夫。”

面对一个诚实的人，我也说不出客套的话。

她接着说：“我带了这么多学生，他们绝大多数是妈妈陪着来，这些家长全身心扑在孩子身上，不工作不社交完全没有自己，只忙着规划孩子的人生，可是，艺术既需要努力也有天赋之差，家长功利心太强，只是机械练习考级曲目，多少过了十级的孩子，乐理知识都很弱。甚至，你不觉得女人有个通病吗？过度规划未来，年底是发病高峰，自己的、老公的、孩子的未来都想在明年有个飞跃，其实很多人只是想多了。”

我怎么会不觉得呢？过度规划未来的女人，我见得太多。

有人问：我爱写作，怎样才能优雅地面对别人的掌声或者批评？我很好奇她被读者怎么虐过，才这么困惑？我问她：你写了多少文章？她说：还没开始写，等我想清楚这个问题再动笔。我说：你还是先动笔再想吧。

有人问：全职妈妈和职业女性哪个是更好的选择？我问她孩子多大，她说，刚结婚还没有孩子，但是这个问题得想明白才能要孩子。我说：你还是先要孩子，至少当了半年以上妈妈，再考虑事业和家庭平衡的问题。

有人问：准备换新工作，万一这份工作也不适合自己怎么办？我问她目前觉得最适合自己的事情是什么，她说，还没发现，三年试了六份工作都不合适。我说，还是把一个职业先做满三年，再纠结做什么合适。

有人问：怎样才能在大学毕业的时候找份好工作？我问她大几，她回答大一，我说还是把大一的课程先上好，别整天想着找工作和实习。

她们叫起来：怎么能这样？人无远虑必有近忧，要好好规划未来啊。

我也笑：过度规划未来和过度思考人生都是病，得治啊。既不看

手里的牌，也不看脚下的路，那不是展望未来，那是胡思乱想。

她们“嘿嘿嘿”地笑起来。

的确，新年将至，生活有诗意和远方，可是更有踏踏实实的现在，甚至，那些所谓的诗意和远方，都是不起眼的“现在”铺就的，极少有人能英明神武地撑杆跳到对岸。

明年的你，除非厚积薄发或者风云突变，否则，不会比今年好太多，也不会差太远，优秀和拙劣都是从量变积累到质变、逐渐转化的过程，空想没有意义。

我二十四岁的时候问我妈：“要是找不到一个好男人结婚怎么办？”

我妈白了我一眼：“从前有个男的在路上捡了个鸡蛋，他想，把鸡蛋拿回去孵小鸡，鸡生蛋、蛋生鸡地积累，很快就能有一笔钱，有钱就能结婚生孩子，唉，万一未来孩子不听话总淘气怎么办？那得打，怎么打呢？现在就要练习啊，于是，他从路边随手捡了根棍子开始练习揍孩子，一不小心敲到鸡蛋上，鸡蛋碎了，他的梦想、老婆、孩子全成了幻想。你这就是拿明天的棍子敲碎今天的鸡蛋，该干吗干吗去，人伤春悲秋过度规划最没劲了。明天的你遇到的问题不同，解决问题的能力也不同，把今天过好，明天不会差。”

那是我成年后第一次觉得我们家老太太那么帅。

所以，我非常理解钢琴老师最终还是说了实话，即便当天我就发现自己被A拉黑了。

明年又是另一年。

谁的生活，都是一个慢慢成熟的过程。

明年，希望我还能看到A的朋友圈，希望我们每个人都梦想海阔天空、行为脚踏实地地生活着。

30+的单身女意味着什么

文/乔迦

工作多年，我养成一个习惯，就是在办公室时几乎一直插着耳机。不需要精力高度集中时，我会随机播放歌曲；需要高度集中时，我会点暂停。随机播放的时候，难听的跳过去，还可以的由它放，鲜少有听到非常喜欢点过去收藏的。最近一次被惊艳到是大概三周前，新浪微博里随机播的一首歌，第一句我就被惊艳到了，点过去，竟然是张曼玉唱的！

张曼玉玩音乐已然不是新鲜事，记得她上草莓音乐节唱《甜蜜蜜》那会儿就成了各种娱乐新闻头条，反应非常两极——一种是不管怎样我都爱你，一种是大姐您还是好好演戏别唱歌吓大伙了。我记得当时甚至有专栏媒体人写过类似这么一篇报道，说张女神老来凄惶，怎么可以走下神坛瘦得像一把柴火一样到人前来糟蹋自己，同时对比的当然是刘嘉玲，称刘是人生赢家。陈年旧事也又被一一翻了出来，好似张曼玉没有收获梁朝伟，就此，人生便失去最大的意义。

嗯，一个大龄的孤身女人是受歧视的，哪怕你是张曼玉！

无独有偶，眼下正有另一位女神也遭受此劫，谁？——舒淇！

谈过N场恋爱，高调的低调的，暧昧的隐忍的，最后都看着良人娶了别人，闻者惊心听者落泪，舒女神的根结问题大家都知道，所以，这个恐怕是硬伤。她就像她扮演的大多数角色一样，外表美艳，内心纯良，可是对男人来讲，恐怕是我爱你美艳就够了，全中国男人爱你的美艳就够了，管你内心纯不纯良。

不管深情还是寡情，男人的本质是什么？是《甄嬛传》里验血那场戏，眼前跪着自己的宠妃声泪俱下，一屋子人剑拔弩张要证明六阿哥不是自己的亲生子，而飘到皇帝眼里的，却是甄家年少美貌的二小姐。我始终觉得这个场景，用来形容男人，再贴切不过。

男人当然爱女人，可他们更爱女色，但不管女人还是女色，加起来，在男人心中也没太大重量。我猜舒女神应该是个好女人，从小苦出身，年少独自打拼养家，一路走来很有“拼命三娘”的架势，人道她是花瓶，她便演了一堆花瓶的角色，却也认认真真走心走肺，至少能看出这些年舒女神演技确实有所长进。在圈中口碑也不错，与众人都比较交好，在微博上频频跟圈中明星互动，今天给这个点赞，明天给那个送祝福。总之，这姑娘上进又暖心，可是没办法，抵不过二十年前的几部情色片，一秒钟，就被抹黑了。

另一端的刘嘉玲、周迅、赵薇好似人生赢家，事业家庭双丰收，最具代表的，是东方教主息影，这么多年重新出来，依然一路被朝拜，多年回归家庭相夫教子，可是挽着女儿逛街依然被娱记们抓拍，标题是什么？恐怕是——最好的幸福！试想一下如果东方教主眼下孤身呢？怕是有太多人像同情张曼玉一样同情她。所以，归根到底，在中国人的观念里，一个女人最好的幸福，依然是组建家庭结婚生子。

放之女神，可能过了40岁依然有市场，比如周迅。

可放之普通人，恐怕过了30岁，就是要过关卡了。我身边的朋友几乎都三十岁左右，有结婚的，有没结婚的，结婚的暂不提，没结婚的几乎要被家里催个不得安宁。身边正有一位朋友硬着头皮跟不喜欢的男人相亲约会，姑娘母亲也知道自己女儿不喜欢这位男士，却在电话里鼓励女儿，叫她不要轻易放弃，不要错过。

错过什么？

或者我说句可能对很多人来讲不受听的话，错过一个人算是大事吗？

恐怕不算什么严重的事吧。

我们为什么要主观臆想一个女人错过一个男人就是不幸？所以张曼玉看着刘嘉玲和梁朝伟双宿双飞心有戚戚然？所以舒淇对张震那句“你终归是娶了别人”是醋里含着泪？当然，些许失落些许惆怅或许是有的，但这不叫不幸吧？一个孤身女人在情感上感到寂寞实属正常，我们为什么要认定这样的女人就是不幸？

很显然，我们观赏大龄孤身女人，依然是戴着有色眼镜的，哪怕她们贵如女神，依然难逃如此奚落，何况如我辈平常姑娘。

《世界青年说》里有一期，来自哥斯达黎加的穆雷说在他的国家，一个女人到了30岁以后依然独身，说明这个女人很优秀，很独立，有能力为自己的人生埋单，不必为了需要一个男人或需要一个家庭去结婚。而在中国的朋友圈里疯狂转载着什么呢？转载着30+的独身女人是有魅力的，所以——她们适合做情人！

这是不是一种变相贬损？30+的女人，OK，你有魅力，但你没有婚恋价值和市场，你不是说你独立吗？所以就是说你要玩得起。写这篇文章的人，狡猾而卑劣地钻了这个“女人独立”的空子，我不知道这种观点代表了多少中国男人的心声，希望不是大多数。

有一种更普遍的论调大家应该更为熟悉——女人过30岁就贬值了。熟悉吗？我们不妨来拆解一下女人过了30岁到底意味着什么。

意味着你的身体不像20岁时那样年轻饱满有弹性，这是事实，但有问题吗？没有。因为整个人类都在不可逆地走向衰老，女人为什么要严苛地要求自己或被要求不老？当然，缓慢衰老是件美妙的事情，但我有老去的权利，你却没有针对我的老而贬损我的权利。

意味着生育黄金期可能越来越短，甚至会过去。有问题吗？可能有，因为生育年龄对母体和婴孩来说都有一定影响，可是我们正有越来越多的科技来改变这个东西，比如徐静蕾曾高调地冷冻了卵子，这当然是女性未来的出路。同时，我要补充的是，有没有人告诉你们男人的年龄超过40岁，精子的变异概率要增高很多？相对女人的“黄金生育期”，恐怕男人的精子质量更是问题的关键吧？那我们为什么要宣扬“男人三十一枝花，女人三十豆腐渣”？

意味着你身边单身的女性可能越来越少，朋友圈减小，可怕吗？不可怕。因为我们可以在不同阶段结交新的朋友。同时，我建议女生们要有自己的爱好，爱好越多的人，分散出去的精力就越多，你就不至于闲得总觉得自己是孤家寡人而心生戚戚然。要知道，一个男人或一段婚姻可能未必如你所愿陪你一辈子，但爱好，只要你愿意，它可以。

意味着你在自己的职业规划上，恐怕要更上一层楼。30岁的女人，在职场上，你要上去还是退下来，这是很关键的一步。昨天晚上一位女伴还跟我聊了很久，事实上她已经做到了高管，但不知道要这样一直绷口气做下去，还是退下来。她说感觉自己遇到了瓶颈，我建议她做下去，突破瓶颈就会柳暗花明。这同样是女性自身的另外一个弱点，在职场上，女人容易打退堂鼓，哪怕她们很优秀，却总是怀疑自己。

意味着你要有一定的经济能力，除了自身花销，还要留一些存余，毕竟女人自己口袋里有钱才会有底气，才会避免一些不必要的尴尬。

同时也意味着，可能短期之内，你依然会单身。理由可参照“30岁女人适合做情人”那一条，虽然会有偏颇，但也从一个侧面反映出我们这个社会可能还没进步到对大龄单身女摘下有色眼镜。女神们尚且有如此待遇，何况我们？

如果你做好了以上准备，那么，大龄单身，我相信你完全应付得来。

当然，最最重要的，是你要先肯定自己！

肯定是什么？是张曼玉年过五十开始唱歌，林青霞年过六十开始写书。最开始，我以为她们是来玩的，现在才发现原来她们都是认真的。

而认真的事情，都会慢慢变好的，不是吗？

你是个太过懂事的人吗

文/meiya

× ×

一· 太懂事的人好悲伤

明悦与男朋友恋爱两年了，感情稳定，已经到了谈婚论嫁的程度。又到了一年年底，她打算将男朋友带回去见父母，并且与家人一起过年。在电话里，她把这个消息告诉了父母，父母问她，是否要帮她把以前住的小房间布置、装修一下，明悦犹豫之后说，不用了。因为他们只住几天，就要从小镇回到城市上班。

春节回到家后，明悦看到除了一张小时候睡的单人床、两把旧凳子，外加四面白里泛黄的墙壁外，再无其他家具和装饰的简陋房间时，一阵非常委屈的情绪涌上心头，让她忍不住哭了。她想起自己从来就不敢向父母提什么要求。小的时候，同龄的小孩子人手都有一盒彩色水笔时，她也想要一盒，但是她太乖了，不会吵着跟父母要；六一儿童节，班上的女同学穿着颜色鲜艳的漂亮裙子时，她也想有那样一条好看的裙子，但是她始终无法开口向父母表达自己的愿望；去大学报到的那一天，她看到同寝室的几个女生，妈妈们在帮她们铺床，爸爸们进进出出，买这买那，她非常羡慕，可是之前当父母问她要不要送她去上大学的时候，她说自己一个人可以的……

春节期间，一阵寒潮从北到南席卷了中国大多数城市，明悦所在的小镇也突然降温到零度左右，她和男朋友好几个晚上都彼此拥抱着，挤在狭小的单人床上，盖着不是很保暖的单人被，好在男朋友脂肪多，能够散发出足够的热量，让两个人凑合过了几夜。男友问她：你会不会很冷？要不要我们明天上街买床大被子去？明悦摇摇头，说没必要。她觉得再过两天自己和男友就要离开家了，花钱买被子太浪费了。

上了大学之后，家里的经济状况已经比之前好了很多，不仅装修了房子，还更新了一批名牌家电。工作之后，每年她也会给父母寄去几千块钱。但是，为什么她就无法开口跟父母提要求呢？哪怕只是让他们买一张大床、一床冬被的小小要求？她想不通。

明悦是家中的老大，她还有一个弟弟、一个妹妹，从小她便牢记并且很努力地贯彻“我是个姐姐，我要听话懂事，照顾好弟弟妹妹”这一信条。家里有什么好吃的、好喝的，她都留给弟弟妹妹，学习也很自觉用功，从来不需要父母操心，她还总是帮父母干很多的家务活，所有的街坊、邻居都夸她是个懂事的孩子，非常羡慕她的父母生养了一个好女儿，说她的父母真有福气。

与父母相处的种种细节让明悦想起自己和以前的男朋友约会时发生的一件小事。某一年夏天，两个人约好一起去郊区爬山，出了地铁站到山脚下，还有三公里的路，男朋友问她要不要打车，她也不是很确定，就回答：我们走过去吧。于是两个人开始走路，七八月的太阳又热又毒，走完毫无遮挡的三公里路后，明悦有些虚脱，有点后悔之前没有打车。

后来，他们开始爬山，爬到一大半时，包里带去的矿泉水喝光了，明悦想买水喝，男友说，就快到山顶了，我们到山顶再买。明悦同意了，她忍着干渴，爬到了山顶。下山后，已经下午两点多了，明悦又累又饿，想赶紧找到一家餐厅，坐下来吃口饭，好好休息一下。男朋友提议，郊区没有什么可吃的，我们还是坐着地铁回市区去吃饭吧。明悦又同意了，但是坐上地铁之后，她再也忍不住了，觉得委屈极了，和男朋友爆发了有史以来最激烈的争吵，而她的男朋友同样很受伤，之前你不是一直玩得很开心吗？为什么忽然就生这么大的气呢？其实他不知道，明悦已经默默忍受很久了，他感觉不饥不渴时，身边的这个女人却忍饥挨渴很久了，只是没有告诉他，也没有提任何的要求。

明悦与男友分手的原因正在于类似这样的一件件小事的叠加：点菜时，男朋友没有点她爱吃的，她没有自己点，也没有提要求；男朋友认识了她的一个女同事，微信聊天时语气有点暧昧，她心里不太舒服，但是她假装一切都很好，不吵也不闹；男朋友出差外地，回来时刚好是白色情人节，但是没有给她买礼物，她不高兴，但是什么都没有说……

忽然某一天，她约了男友一起在外面吃晚餐，吃到一半时，她很坚决地提出了分手，并且很迅速地离开了餐厅，留下了无比错愕的男朋友。而她的男朋友在前两天还打算带明悦回去见父母，因为他觉得她真是一个温柔懂事的好女孩。

是的，“懂事”似乎就是明悦的标签，她像孙燕姿歌里唱的那样：

当你说你觉得很难开口
我知道你想说些什么

当你说还是觉得我很难得
我应该微笑或沉默

是我一直太懂事
任你自由地犯错
错到无法再让你
留在我的世界
是我选择了懂事
而你的回应是放纵
我会冷静看着你
离开我的世界

明悦的太懂事给她带来很多的抑郁和悲伤。我曾问她，你为什么不向你的父母提要求呢？她回答：也许是我的潜意识里认为提了要求也没有用，因为他们不会满足我，或者没有能力满足我，而这会让我更加绝望，于是，我索性不提，还可以让自己少受一点伤。

有的时候，委屈自己，其实是另一种自我保护。

一个人的“太懂事”往往是亲子关系中回应失败的后遗症。因为遭到太多的回应失败，于是绝望了，不再提要求，让自己变成一个很乖很懂事的人。但是，做一个太懂事的人真的好悲伤！

二· 不做一个懂事的人，做一个表达自己真实需求的人

你是不是一个与明悦一样的女生？太过懂事，在与父母、与恋人、与朋友的关系中，不敢或者说不愿提出自己的要求，总是一味地妥协、忍耐，直到忍无可忍的那一天，才爆发出来，或者自己选择离开，结束关系？

我可以坦白地告诉你，我曾经就是一个这样的女生，非常懂事，不敢提自己的要求，也害怕提自己的要求，更害怕拒绝别人的要求，习惯了默默忍耐，习惯了委曲求全，总是告诉自己，没事的，一切忍忍就过去了。

忍耐到一种怎样严重的程度呢？比如，上高中的时候，即便生病且病得很重的时候，我还会坚持去上课，然后独自去医院看病；上大学的时候，有一次我的手臂受伤了，室友不知道，让我帮她拎半桶热水，我也没有拒绝，硬撑着拎着半桶水从一楼上了四楼，然后手臂韧带拉伤，疼了好几个月。

直到后来，我慢慢成长，经历了很多内心的痛苦与挣扎，才有所蜕变，现在我依然不能说自己成长得有多好，我还只是走在成长的路上。

可以分享几件事，展示一下我成长的成果。

三年前，我租住在上海的一栋老房子里。我住在三楼，楼上楼下都是上海的中老年人，很多人因为工厂业务不景气，提早退休了，也没有出去工作。有一段时间，四楼的住户每天夜里打麻将，从晚上九十点，一直打到凌晨三四点，他们不仅打麻将，还讲话聊天，打得起劲时，还会大声地骂脏话。因为是老房子，整栋楼的隔音效果都很差，所有的声响我都听得一清二楚，当然其他的住户也会被吵到。

夜里我躺在床上睡不着，我逼着自己忍耐，默默睡去，有的时候睡着了，有的时候没有睡着，因为实在太吵了，而且各种情绪还翻滚不断，委屈、愤怒、不满、无力通通都有，完全睡不着。然后，我觉得实在不是办法，穿好衣服，鼓起勇气去楼上敲门，对打着赤膊来开门的男人说：请你们不要打麻将了，现在已经很晚了，你们吵到我休息了。

下楼之后，没过多久，麻将声、说笑声又响起来了，我再一次上楼，对方不给我开门，我心里也害怕，然后退回来，再然后又上楼，把门敲得砰砰响，其他的住户也都从床上起身，开始给我帮腔，我都不记得自己当时是否有说“你们再这么吵，我就去报警，说你们扰民”之类的话。总之，最后楼上的男人们不再打麻将了，好几个邻居过来感谢我，因为他们也不堪其扰。

前段时间，我在一家中式快餐店吃早饭，他们的煎饼中间有一块面团没有揉开，是生的面粉。我考虑了一下，还是找来服务员，和他说了这事，并问他，你看这个事情怎么办呢？对方非常诚恳地向我道歉，并且赔了一张煎饼的钱给我。其实，对我来说，结果不重要，重要的是我敢于去提我自己的要求了（其实，我的心里还是很害怕的）。走出餐厅的时候，我心里很快乐，为自己的尝试和进步而感到快乐。

同样地，在我的亲密关系中，也因为我开始懂得更直接地表达自己真实的要求，不再委曲求全，不再默默忍耐，我在和男朋友的关系里面少了委屈和怨气，多了沟通和甜蜜。

你是一个习惯于委曲求全的人，还是一个敢于提出自己要求的人？

在人际关系中，你敢于表达自己真实的想法和需求吗？

你是否常常会把别人的需求放在自己的需求前面，而忽略了自己真实的需求？

你为什么不敢去提自己的要求呢？是害怕被拒绝？害怕发生冲突？还是其他的什么？

作为一个正常的普通人，我们在一段亲密的关系中，有被爱、被重视、被关心、被尊重、被温柔对待的需求。如果我们很多的需求是合理的，却不敢或不愿意表达，别人真的很难满足我们，因为他们不知道我们真实的需求。另外，我们也不能期待自己什么都不说、不做，别人就能自动满足我们的需求，因为连神都做不到这一点。

在亲密关系中，表达我们真实的需求，不仅是做自己、爱自己的表现，更是我们对亲密关系负责的体现。如果你不去表达自己真实的需求，对方往往不知道你想要什么，想满足你都无从下手，相当于你剥夺了对方满足你的机会和权利。

有的时候，太过“懂事”并不是一个很好的习惯，不仅让自己受尽委屈，也破坏了原本可以很美好的关系。

如果你是一个“太过懂事”的人，觉得自己的生活常常充满委屈，可以看看是什么塑造了今天这样一个习惯委曲求全的自己，回头去看看自己的原生家庭，以及从小的教养环境与方式，然后开始在生活中进行操练，学习表达自己真实的想法，大胆提出你的要求，哪怕害怕也要去尝试。只要迈出一小步，相信我，你一定能够体会到一种更美好自由的生活！

在中国做女人是一种什么样的体验

文/杨大宝

我早早结婚生子，未来得及经历婚恋压力，未曾遭受过“婚育”问题的催促，就已经“安全地”躲进婚姻的围墙。我本以为如此之后可以天下太平，你看，我是这么有诚意早早地站在了“舆论标准”的安全阵营里相夫教子。

可是，这个环境对女人的苛求，从来不会停止。

我每天会陪女儿下楼在小区里玩耍，小区里有许多和我女儿差不多大的孩子，于是久而久之，便和小区里带孩子的奶奶或者姥姥们都熟了起来。很快，我这么一个年轻妈妈便成了小区里的“大妈之友”，那些大妈对我是那么的关照和热情，帮我分担重物，跟我分享食物，她们都是这么善良的一群人，所以她们的“恶意”并非刻意。

当得知我是90后的时候，大妈会赞许地说：“还是年轻的时候生孩子好，你看你恢复得多好。那些三十好几还不结婚生孩子的，都是傻子，好男人都被你这种眼尖的姑娘抢光了，以后她们怎么嫁得出去？”

看，我就这么轻而易举地被划归到了我这个年龄的大多数伙伴的对立面，变成了中伤跟我现阶段生活方式不一样的姑娘的武器。

但，这还只是个开始。

等到下一次，大妈满面喜色地告诉我：“我们家妞妞的舅舅结婚啦！”

我道一句：“真好，恭喜！”

“对啊，舅妈还是大学毕业的高才生呢。”在八百字的介绍之后，大妈随口问道，“你看你这么年轻，孩子都这么大了，没上过大学吧？我告诉你啊，考大学好难的呢，我儿子当初考大学的时候考了XX分……”

看大妈一脸骄傲，我真心无法告诉她我高考比她儿子高了一百多分，只能默默地为自己的文凭点一支香。

在有过这些经历之后，再碰到别的大妈问我年龄，我会故意把自己说长几岁，再问我学历，我会如实告诉她我是某985大学毕业生。

大妈不懂985，她说："女孩子就是要读大学，在大学里找到老公是最好的了，出来相亲多遭罪。"

对于她们来说，女孩子读大学最大的意义在于，在大学里搞定老公。

一次，恰巧小区的三个小女孩玩在一起，我带着我的女儿，两个奶奶带着孙女。

大人在聊天，孩子们愉快地玩耍着，突然一个奶奶一脸暧昧地问："是不是有的时候还是觉得男孩子好？"

我一脸诧异，因为这个奶奶平时疼自己的孙女也疼得紧，实在没料到她会突然这么说。

另外一个奶奶了然地点点头，给她长得像洋娃娃一样美丽的小孙女擦了擦口水说："虽然现在大家不讲这个了，但是怎么说呢，心里还是觉得有个男孩更好。"

我像吃了苍蝇一般，只能呵呵笑着尴尬地抱着孩子走开。

这是全国计划生育做得最好的地区，这个省份的人，平均受教育程度全国最高，尚且如此。那么其他地区又会如何？

我也会对我的闺密吐槽这些事情，正在积极备考托福、GRE的闺密安慰我："你不要理她们怎么说了，她们就是这样的人，反正她们又管不着你。"

我问她："如果这么想这么说的是你的母亲，你老公的母亲呢？"

她发了一个叹气的表情："那有什么办法？我只能远离她们，不让我的小孩在这种环境中长大了。"

可是，还有这么多的小孩子在这种环境中长大，他们全身心依赖的亲人有这样的想法。他们一旦被这种观念像一道咒语一样下在了身上，那么他们将要花去一生与这样的咒语抗争，难以获得完满的幸福。就像我将要说的这个阿姨。

小区里有个阿姨，她女儿长我两岁，她家的小外孙和我女儿同岁，是她的好伙伴。阿姨以前是化学分析师，做事果断利索，说话逻辑清晰，在一众大妈中显得清新脱俗。

我跟阿姨很聊得来，年轻人的话题她也能说上一二，说起孩子的教育，她更是显得深谋远虑，自信十足。阿姨告诉我，当时她生下女儿，她婆婆不曾看过她和孩子一眼，但是对她生了儿子的小叔子一家却视若珍宝。生性好强的阿姨便咬牙自己一个人带孩子，还要供职于国企，每天上班早出晚归，心力交瘁。

我问："那他姥爷呢？"我指了指我女儿的小伙伴。

她说："那个时候哪有男人带孩子的？我也工作，回家还得烧饭，没办法就把孩子放在厨房门口的桶里站着，他是抱都不愿意抱一下的。

"别人越不稀罕我家姑娘，我就越是要带好她，我们家女儿也争气，读书也厉害，处处长脸，就是要他们看看，女孩子怎么了。"说起那段经历，阿姨仍旧放不下。

可就是这样一个好强的母亲，却不让擅长数学的女儿选择读理科，坚决要求她女儿选择文科，一定要她回到这个三四线小城市考公务员。

她说："别看公务员收入低，但是地位高啊。赚钱又不是女人的事情，钱让男人去赚就好了。"

在这个歧视女性的社会里，和周围环境斗了一辈子的好强阿姨，生活给她的经验仍旧是：从小表现优异的女儿最终嫁一个经济条件好的人才算赢家。

前阵子阿姨的父亲过世，她女儿因为姥爷过世没有把家里对联撕下，挂上黑布，跟她吵了一架，因为她爷爷过世的时候，家里对联就撕下了。

阿姨一脸落寞地告诉我："这是他们老杨家，又不是我们老张家，（撕对联挂黑布）不合规矩别人会说闲话的。我爸就四个女儿，连个儿子都没有，我们老张家算是散了。"

那一刻，我感到了深深的无力，我想告诉她，你也是这个家里的主人，男女平等，自己的父亲过世纪念他没有任何错。我平时在知乎上看到那么多平权观念，那么多女权的呐喊，我有那么多的话可以说。

可是，我一句话都说不出口。

阿姨跟性别不公的环境抗争了一辈子，这些道理还需要我来说吗？她的体会比我们任何一个人都深刻，我的那些口号式的话语，在她面前是多么苍白无力。可是，她无能为力，她要保全生活，就得学会妥协。

我申请了国外的研究生，独自背井离乡求学海外，要告别全职家庭妇女的生活，重新开始。

这是一个特别特别艰难的选择，我的人生从未如此挣扎过，离开幼女的煎熬让我有很长一段时间夜夜难眠，噩梦连连。而唯一能发泄情绪的时候，便是在电话里面对与我相隔千里的母亲放声哭泣。

我曾经以为，只要我老公爱我、尊重我，我们自己相亲相爱互相理解就好了，按照自己的意愿生活，反正日子是我们自己的。

而且，我很幸运，找到了一个拥有宽容而又平等思想的老公。

但是，无论如何，我还是必须得迈出这一步。在中国这个社会环境里，如果我选择做一辈子全职太太，那么等到我的女儿想要不一样的生活方式的时候，我怕我作为一个母亲，不知道如何教给她选择。

因为我不能只关起门来过一辈子。

我的女儿会长大，我不希望她以后再面临这样一个苛刻的环境，没有选择的自由，举步维艰。这些需要我努力为她打下基础，我要出发，去爬上半山腰，她才有可能爬上山峰，看到广阔的世界。

我希望她拥有最纯粹的快乐。如果她不愿意结婚，那就不要匆忙为结婚而结婚；如果她醉心于学术，那就去读博士做研究，专心致志一辈子；如果她愿意早早地当妈妈，养育三五个孩子，那么就去快乐地当妈妈；甚至如果，她是同性恋，喜欢女人，那么就去喜欢女人。

但是，这些看似最基本的人生的自由，在中国的这个环境要实现是那么艰难，尤其是女人，要去实现所谓的人生价值，更加艰难。

可是，我们还是要走下去。这个社会对我们越苛刻，我们就越是要勇敢，举起宝剑，砍掉荆棘，也许走过一路仍旧伤痕累累。

这样，等到下一代，在这片荒芜的原野上，我们的后代才能有机会在这里撒上自由平等的种子。再过些时候，这里终将开出一片烂漫多彩的花海。

我希望，我有生之年，能够有机会，指着这片花海对别人说，这里原来是一片荒原，我曾在这里挥剑斩过荆棘。

我们活在一个唯有用实力，才能证明自己的年代。

自卑是怎样蚕食我的小半生的

文/锦心

一.

我出生在一个贫困家庭，有一个暴躁的父亲，和一个隐忍却始终在抱怨的母亲。

在整个童年里，我能感受到的最多的情绪，就是委屈。母亲除了每天叨念着让我好好学习，否则就如他们一样生活以外，似乎没有别的话跟我说。父亲就是下班喝酒吹牛皮，偶尔发酒疯对我一顿痛打，一个手掌印在我身上一月未消。

我不知道自己对于他们来说是怎样的存在，好像他们生活得不好都是我的错。心理学大师卡尔·荣格说过一句话——一个人毕其一生的努力就是在整合他自童年时代起就已形成的性格。而一个自童年起就觉得缺爱的孩子，要成长为一个自信的大人还是有一些难度的。

在学校我是享有特殊待遇的人，学习好，又穷，简直是一个引起关注和同情的标配。但凡去春游或者去烈士塔扫墓，别人带的好吃的都得在老师的循循善诱下分我一点，没人知道，这让我多么自卑。

我在十岁就懂得了施比受快乐，因为我总是那个接受恩惠的人。

虽然从小学到初中，我一直担当学霸的角色，但我更羡慕那个成绩不如我的文娱委员，她开朗活泼，能说会跳，总是得到喝彩和掌声，她的父母开开心心地来开家长会，宠溺地抚摩她的头，而我的父母一到开家长会，就紧张到不行，为穿哪件衣服发愁，甚至想方设法拒绝参加。

在自卑中，我的性格越来越内向孤僻，胆小怯懦，没有自信与存在感，甚至在父母的争吵中想到了死。

二·

青春期依然在自卑和敏感中度过。

我将无处喷薄的情绪化成了笔尖的诗行，自卑就像一种华丽的情绪，让我有比别人更多的感受，更细微的觉察，更浓烈的表达。

十几岁的年龄，我写着孤独、漂泊、死亡，我还不能意识到，内向并不仅仅只是一种性格，那是自卑埋下的一颗种子，还缔结着敏感多疑、孤僻懦弱、完美主义、苛求自我、社交恐惧等果实。

高考完毕，我迫不及待地离开了家，离开了那个从未予我宁静的环境。

到了大学，我彻底解放天性。抽烟、喝酒、谈恋爱、看安妮宝贝，在网上写作，大学老师评价我是活在自己世界里的人。与同学之间关系疏离，总觉得自己未能遇到同类。大三开始给杂志投稿，未毕业就谋得知名杂志社的工作，可谓少年得志，然而内心深处，我并不承认是自己具有实力，反而认为只是运气好罢了。

在杂志社的几年最为平静，简单单纯的环境，没有竞争，没有是非，朝九晚五，各自一台电脑，连话都可以很少说。

当你所获得的成果与周围朋友相较还不错时，自卑也就暂时伪装成了自傲。如今我才发现，一个人的自信如果是由外部环境决定，而不是由内而外的自我认知时，那自信是不堪一击的，自卑才是永远的底色。

我现在三十三岁，有一个女儿，也因为是女儿，所以我开始探究自己的原生家庭，以及我所能给她提供的原生家庭。

我希望她的生命之旅完全地用来绽放她自己，而不是与家庭的烙印斗争，不用花费太大的力气修复童年创伤，可以自信地、笃定地、从容地做任何决定而又敢于负责，最重要的是，她接纳她自己的一切而不用自卑。

三·

大树也有倒的一天，我所在的传统媒体没有扛过互联网的冲击。我就像站在一片黑暗的大海上，不知道自己该驶往哪个方向，我发现了自己的很多问题。而自卑，成了最大的绊脚石。

一个自卑的人在逆境中，自卑会被放大无数倍；而一个自信的人在逆境中，自卑往往能成功转换为意志力和行动力。

与人做嫁衣十年，没有任何技能的积累，我觉得自己一无是处。我思考着纠结着：出去工作？三十多岁的年龄，没法再在新的领域和应届毕业生竞争。做公众号？我无名无粉丝积累，从零做起何时又能产生收益？做手工包？一个爱好而已，效能低下，投入高，产量低，做一个包不如写篇稿子。

那一两个月，我一边焦虑着，一边纠结着，一会儿做做这个，一会儿又干干那个，没有办法安心做好一件事，因为恐惧无法胜任，总是拖延自己的选择，因为害怕失败的结局，总是没有办法全心投入到一件事里。

迷惘似乎成了生活的主旋律。

有个以前杂志社的同事，现已出国去了澳洲，出了几本书，成了华裔旅澳作家，每天在朋友圈晒着国外的美食和美景，作品被高群书导演相中正在拍摄中。同样的起点，如今已不可同日而语。

她让我帮她看新书的目录，末了聊几句，她诚恳地对我说，你的文笔好，长得也不差，为什么总是那么没自信呢？

我认真地看完阿德勒的《自卑与超越》，希望自己走出自卑。我寻找自己自卑的家庭根源，期望与过去和解。我太期望改变自己，越给自己施压，我反而越是焦虑，越是情绪反弹，越是裹足不前。

我按照心理书上教的办法，决定盯着镜子看自己十分钟。我想这十分钟，如果我可以一直不挪开眼睛，一直不讨厌自己，那么，我或许就是接纳自己的。

但是很遗憾，不到一分钟，我就开始注意自己鼻子上的黑头和眼角的细纹，我像父亲一样的颧骨，我发现我嫁给了一个和他一样暴戾的男人，除了外在的物质条件有所改变，我的内在与我的母亲一样不安和凄惶，我突然就理解了他们。

他们生活的环境，决定了他们的局限性，他们不了解教育，不懂得表达，他们已经尽自己最大的能力养育了我。就像我总是想要改变自己，给女儿一个我认为她所期待的妈妈，即便我仍有不足，但我已尽力。

我也理解了自己，理解了自己的自卑，我不再对它抱有任何情绪。

四·

人的很多改变，是因为一个契机而顿悟的。那一天，不知道太阳从哪边出来，我忽然就明白了——自卑不是治愈的，而是接纳的。

知乎上“如何克服自卑”这个问题下集结了很多专业深刻的回答，风红邪的回答让我深以为然。

他认为：

第一：自卑在本质上最深层次的来源是对“负面自我”的不接纳。

第二：任何试图通过“努力填补令你自卑的缺陷”或“努力追求成功获得自信从而摆脱自卑”的方法都是治标不治本。

第三：自信不是自卑的反面。有时候一个人的身上会同时存在自信和自卑两种状态，“提升自信”也许能够对你“克服自卑”有一定的帮助，但提升自信并不能作为克服自卑的方法。

唯一能真正令你克服自卑的方法就是：完全地接纳自我。我就是自卑的，但这没有什么，我不需要内疚，也不需要逼自己总是做对的事情，谁心里还没有点病呢？

这一刻，我突然找到了面对自卑的方法，那就是，不再思考自己为什么如此自卑这个问题，不再考虑能不能治愈自卑这个问题，而是勇敢地行动，做自己想做的事，克服拖延、惰性。

完成一篇稿子，做完一个手工包，与孩子看一场电影，照顾好一盆花，从这些事本身所获得的快感，让我忘记了自卑，即使有什么事情没有做好，我也不给自己太多反思的余地，而是立刻投入修正这件事的旅程中，如果是不可弥补或者无须弥补的，我会用开始做另外一件事的忙碌感，来冲淡对它们的记忆。

我拐了很大的弯，去找自卑的根源，去与童年和解，其实都不过是一个意识上的流程，而治疗自卑最直接有效的技术性的方法，就是去做，不去纠结结果，不去怀疑自己，用一颗当下的心，去做当下的事。

自卑加身时，我会深呼吸，告诉自己，什么也不要想，投入地去做吧。昨日种种譬如昨日死 ，今日种种譬如今日生，一切都还不太晚。虽然，我真的浪费了很多时间。

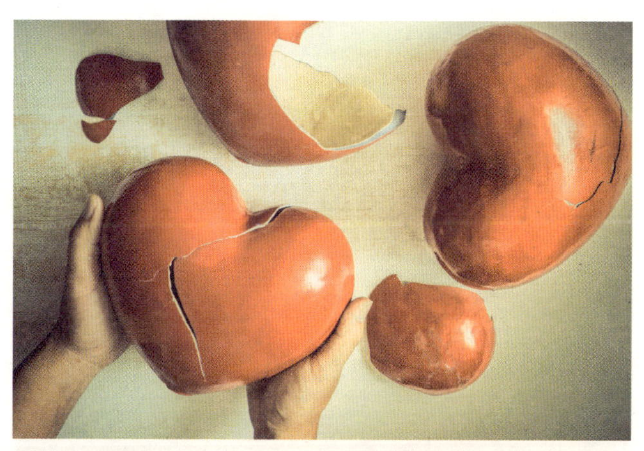

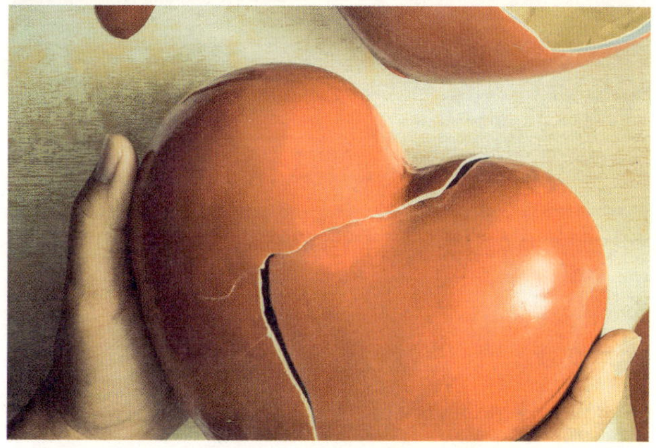

不用担心三十岁的到来，它只是一个数字罢了

文/爱啃骨头的猫咪

× ×

有段时间的朋友圈被张钧甯和陈意涵刷屏了。

满满的正能量。

很多姑娘都觉得那是理想中的三十岁的模样。所以希望自己三十岁的时候也可以像她们一样，跟闺密一起旅行、玩闹、疯狂，做很多曾经从未做过的事情。不用面对人情复杂的办公室政治，不用发愁家长苦口婆心的催婚，不用跟男朋友为了鸡毛蒜皮的小事吵架撒泼。

张钧甯有一个to do list（计划清单），她去世界各地，上天入地，就是为了不停完成自己想做的事，人生只有一次，她想要经历不

一样的冒险。

但是，我们大多数都是普通的姑娘，拿着普通的薪水，过着普通的日子，我们不能任性挥霍，不能哪天不顺心就有个闺密带着你逃跑出国潇洒肆意。

我们也有to do list，我们也想去世界各地，上天入地，我们也想完成自己想做的事情。

但是，姑娘，你知道去世界各地、上天入地都是需要钱的吗？你关心过你的存款吗？你注意过你的信用卡账单的还款期是哪天吗？

我真不是想打击你。

网上很流行的一句话：生活不只眼前的苟且，还有诗和远方。可你连眼前苟且的生活都快过不下去了，你是不是应该先想办法渡过生存期，再想你的诗和远方？

她们出国，潜水，跳伞，滑雪，攀岩，你觉得她们活得好潇洒。对她们来说，这些东西都是在她们经济承受能力范围之内的，她们可以不再为钱担心，她们尝试一切没有尝试过的事情。这些在她们看来都是很平常的生活的一部分。

可你不行。

你每个月工资几千块，租房，吃饭，坐地铁，买衣服，朋友聚会，再偶尔接到结婚喜帖，去喝个满月酒，我不知道你能剩下多少钱，又能存多少钱。

《奇葩说》有一期节目讨论的是穷游到底是不是一件值得骄傲的事情。我个人觉得穷游并不是一件值得骄傲的事。但我也不会一定要攒够多少钱才去某个地方。钱有多少都是不够的。

每一次出去旅行，我都尽量拿出我可以拿出的最大额度的钱。但是这笔钱不包括“Fuck you money”（保底存款），不包括我下个月的基本生活费，不包括应急的钱。所以，我总是需要攒几个月的钱才能出去旅行。我不会让自己的旅行变得非常苦，非常穷游。我不会为了旅行而旅行。

我觉得，旅行是一种修行，修的是一种心态。

张钧甯和陈意涵的三十岁，可以如此惬意和不慌张，也是因为她们有一种人生态度，一种自信和勇往直前的心态。

有时候会想，我到三十岁的时候，我想要自己呈现出一种什么样的状态？答案是：养活自己的技能、真心热爱的兴趣爱好和学会与孤独相处的能力。

- 养活自己的技能

我毕业已经五年，换了三家公司，四个岗位。但唯一可惜的是，我并没有在同一个行业或者同一个职位待到管理岗位，我所做的都是初级员工所做的事情。这也是我在面试的时候被面试官反复询问和挑剔的地方。

人是应该对自己的未来做好规划的。

很多人都说，你做规划没有用，因为你在执行的时候根本就不会按照你所计划的做。

但是我想说的是，你做了规划才知道你在前进的路上发生了偏离，偏离的角度有多大；如果你连规划都没有的话，那么你连自己已偏离原路都不知道。你随着感觉走，走一步算一步，最后就会发现，你兜兜转转好多年，广度是有了，可是你没有深度，你没有建立起自己的资源和知识架构。

可能很多人都告诉你这个世界上需要的是全才，你需要什么都懂点才能混得好。但你不知道的是，那些能升到很高职位上的人都是有一个自己非常擅长并且非常精通的专业的，他们是这个行业的专才，然后他们会根据自己工作生活中的需要，在此基础之上去扩充自己的广度和深度，丰富自己的知识体系。

我们还是要有一些可以安身立命的本事的。这个“本事”并不是指你一定要懂得什么UI、代码、绘画、摄影这些看得到的硬技术，也可以包括你在工作中获得的人脉、渠道、资源，甚至可以是你的亲和力、执行力、学习力等这些软实力。

• 真心热爱的兴趣爱好

可能阅读写日记是我这么多年来唯一能坚持下来的事情了。

在没有社交平台的时候，我把所有的事情都记在了日记本上。有时候会把曾经的日记本摊开一页页翻看，然后就会被过去的自己酸到哭，不明白为什么当时会把这么小的事情也记录下来。有句话说得很对，我们现在所纠结的、迷茫的事情，等过几年再回头看，发现真的没有那么困难。所以说，关于你害怕发生的事情，其实根本就不用担心，因为它一定会如期而至，也一定会如期离去。

初中的时候写过一篇几万字的童话故事，高中的时候写过十几万字的青春故事，一直留到大学。在某一次去网吧，把纸质上的文字变成电子版的过程中，忘记拿回来，所有的手稿全部丢失。每次想起来，都会觉得挺遗憾的。虽然当时写得很幼稚，也挺矫情的，但也是我青春时代的一种真实的记忆。曾经写过QQ空间、博客，记录自己的心情、想法。现在偶尔会再回头去翻翻，会笑会哭会摇头会叹息。它们是我整个青春的记忆，是伴随着我成长的阵痛。

到了现在，我开始有意识并且集中地在豆瓣上写文字。不再只是抒发自己的某些小情绪，而开始尝试用一些写作技巧和逻辑去写文字。我从没想过别人通过读我的文字可以收获什么正能量的东西，我只是坚持我写出的文字不能给别人带来坏的影响。

• 学会与孤独相处的能力

对于独生子女来说，可能最长时间的生活状态是自己跟自己玩。

小时候父母很忙，总是会留我自己一个人在家里。可能农村要比城市好的一点是，我玩的地方不会局限在几十平方米的房子里，我可以跑到邻居家去找小伙伴们玩，也可以在院子里蹲一下午，就只是给蚂蚁创造困难看它们如何“翻山越岭”把食物运回家 。

我从小就一个人，没人跟我分享或者争抢，我也习惯了自己一个人做自己的事情。小时候从来不觉得自己是孤独的，虽然没有兄弟姐妹。

工作之后，前两天领导出差，领导的妻子加班，我就被“派”去带孩子。那个四岁的小帅哥跟我也算是很熟了，因为他经常会来办公室。在九点之前他一直带着我玩植物大战僵尸，玩得不亦乐乎，也没有表现出任何不高兴或者不适应。九点钟，我要哄他睡觉了。

我从来没有哄过孩子睡觉，我对小时候别人是如何哄我睡觉的也没什么印象。但是，好在他很听话，自己乖乖脱了衣服钻进了被窝。当我以为哄孩子睡觉这事就完成了的时候，出去洗手，回屋发现他在偷偷地抹眼泪。

我顿时手足无措。

我开始安慰他，但又不知道说什么话。只能不断重复：你睡着了妈妈就回来了。他略带委屈地咕哝着跟我说：你不要再说妈妈了，我会更想她的。我不知道说什么了，就躺在他身边，默默地听他自己抽泣。大概过了十分钟，他自己睡着了。看着他，不知怎么的就想到小时候父母不在身边，自己一个人睡的时候的心情。

夜幕降临，玩闹终归平静，当一切沉浸在黑暗中的时候，悲伤的情绪开始在胸腔蔓延，睁大眼睛看着黑漆漆的四周，没有妈妈的味道，没有爸爸的身影，一个人躺在宽大的双人床上，偷偷地抹眼泪。不敢大声痛哭，因为发现越哭自己越害怕，发现即使哭也没有人会来安慰自己。自己缩在大床的一角，双手紧紧地抓着毛绒娃娃，告诉自己闭眼，闭眼睡觉，等天亮了，睡醒了，爸爸妈妈就会出现在身边了。他们会对我笑，会告诉我一个人睡很勇敢。可是我不敢告诉他们，一个人睡，我真的害怕。

可能这是小时候唯一觉得“独生女”这个词是孤独的时候。

长大以后，我们大多时候都会觉得孤独，可能更多是在心理上的孤独。你朋友很多，知心的却没有几个。每当自己难过或者开心的时候，拿着电话翻看电话簿，却不知道可以打给谁来分享自己的心情。最后，还是会默默收起电话，一个人在昏黄的路灯下沿着长街慢慢地走。

你要有对抗孤独的能力，你要学会与孤独相处。很多人在耀眼闪亮之前，都独自度过一大段孤独漫长的时光。一个人只有在安静的时候，才有机会直面和审视自己的心灵。孤独状态不是说地理上的偏居一隅，更重要的是在心灵里留有自己足够安静的时空。

三十岁对我而言，是个近在眼前的数字。我只是想我可以依靠自己的能力养活自己和家人，有个真心热爱并且愿意为此花时间的兴趣爱好，并且在独自一人生活的岁月里可以不慌张、不空虚，懂得照顾好自己，尽量不给他人造成麻烦，在妥帖处理事情后尽情享受生活。

单身的你没有理由不自信

文/大菠萝皮

最近身边的几个朋友，或单身或离婚，无一例外地情绪低落甚至崩溃大哭。

现代社会，对单身的人真是充满了恶意，“败犬”“剩女”“单身狗”这些满满轻蔑之意的词充斥着生活的方方面面，明明她们都无比优秀，却因为单身就得低人一等似的接受各方指点，可能一开始不在乎，但日复一日年复一年，她们心中多少都有些动摇，难免就自卑起来。

最近有一部火爆的日剧也开始拿这个梗开涮，剧名叫《请与废柴的我谈恋爱》，女主角是爱吃肉的三十岁的单身女青年，在全剧中都被前任上司和家人称为“废材”。村上春树说过：“少年时代的我始终为此有些自卑，觉得在这个世界上自己可谓特殊存在，别人理直气壮地拥有的东西自己却没有。”只是因为单身，没有拥有“伴侣”就成了很多人眼中的废材。

小西是一位和我有着二十年交情的资深闺密，也是一位有故事的女同学。

自身和家庭条件都不错，从小被父母捧在手心里呵护着长大，从青春期开始就从不缺乏追求者。一直到大学毕业前夕，和相恋七年的男友分手了，她才惊觉，自己居然无法去面对一个人的生活，想到毕业后的失业，想到要一个人离开校园走向社会，小西内心充满了不安和恐惧。

因为如此，失恋后迅速相亲步入婚姻。小西以为婚姻能弥补自己内心的不安和匮乏感，以为孩子的降生能让这个家更牢固，然而过于仓促的闪婚，让她还来不及了解自己的丈夫和他的家庭。婚后的生活，夫妻间充满了磕磕绊绊，与公婆的相处更是令她狼狈不堪。婚后的很长时间，小西几乎丧失了全部自信，翻看那段日子她与我的网聊记录，通篇都是她充满了怨恨的自怜自艾。

去年春天，三十岁的小西以被出轨的身份净身出户，结束了这段不堪的婚姻。那时候的她经常说：我已年过三十了，有过一段失败的婚姻，还生了一个孩子，现在人老色衰，因为工作的关系又无法离开这个地方，难道我注定要一个人在异乡孤独终老吗？

按照世俗的标准，女人这种生物一旦过了三十岁，外表和内在的某些生理部件便开始逐年贬值。如果你问我，女人过了三十岁之后最重要的是什么，我觉得是来自她内心深处的那一股气，那股气有一个学名——自信。

在我看来，小西有一份稳定的工作，收入与付出成正比。如果她肯拼，年入百万是很轻松的事情。有颜有钱，而且离婚后迅速买了房和车。摆脱了家长里短，正是潇洒自由的好时光，多少人羡慕还来不及呢，她实在没理由不自信。

好在，年龄的增长，能让人迅速地清醒，不会再像年轻时候那样迷茫很久都走不出来。上个月，我出差路过小西所在的城市，赶着最后一班城际高铁去看她，见面之前，小西发微信给我说："宝贝，介意我带个帅哥向导一起去接你吗？"

小西的声音听起来很愉悦，我悬了很久的一颗心终于放下了。挂电话之前，小西轻声对我说："亲爱的，我觉得未来充满了希望。"在爱情这条路上，小西总算是重拾自信，苦尽甘来，可我的另一位闺密范范，却依然在艰苦跋涉。

范范在我心中，是一个励志型偶像级别的人物，因为我亲眼见证了她从一文不名的小前台，变成了如今年薪几十万的金牌策划；也亲眼目睹她从一百九十斤每天连脸都懒得洗的“干物女”（指已经放弃恋爱，凡事都说“这样最轻松”的年轻女性），变成了怒甩八十斤肥肉、魅力四射的轻熟女。

红牛的一句广告词特别适合范范：你的能量超乎你想象。

然而就是这样一个不断创造奇迹的姑娘，却在她三十岁的年纪，遭遇了平生最大的难题——她把一家老小都安顿好了，却独独漏掉了自己的婚姻大事。

身为长女的她，每天回到家都要被父母数落得抬不起头：

“你这个不孝的闺女！你看看你都多大了还没找到对象！还没结婚……

“出门看到邻里，我们老两口都不好意思抬头，别人都子孙绕膝，我们呢……

“再不带个男人回来就别回家了！”

外人心目中偶像般的存在，实则是家人眼中的老姑娘。

肩负着家族使命的范范，无奈地踏上了相亲这条不归路。在相亲界，范范绝对堪称杀手级别，每次相亲，她俘获对方的概率在百分之九十以上。因为减重成功的范范画着精致的妆容、身着雅致的行头，举手投足间都有着万种风情，视觉系的大龄男们无不追捧。

几年来，范范经历了无数次相亲，依然没有结局，随着年纪的渐渐变大，范范心中的自信也被不断消磨殆尽，对爱情和婚姻的不自信，甚至波及了她生活的其他方面。

前段时间，我给范范打电话，正赶上她躲在厕所里崩溃大哭，她说："觉得自己很失败，三十岁了，还没钱没房没车没身材没男人，工作受了委屈都没有底气拍桌子走人！"

我看着精明干练的职场女强人、减肥达人，哭得像一个三岁的小孩子，不禁又好气又好笑，给父母买的房不是房啊？存款不是钱啊？真要是因为委屈就拍桌子走人那才脑子有泡呢！我无奈地说："别哭了，去给自己买个包，再去买一身漂亮衣服，漂漂亮亮充满自信地迎战下一次相亲！就算还是找不到男人那又怎样？不结婚就等于失败吗？回去看看你的存折，看看镜子里你美丽的样子，回想一下你光辉灿烂的职场履历。亲爱的，你那么优秀，有什么理由不自信？"

我相信，聪明智慧如范范，擦干眼泪就能重上战场。

我更相信，幸福，离她根本就不远。

最后，我想对小西和范范以及所有不自信的姑娘说：你那么优秀，为何要被年龄和外表所束缚？如若那个人不能给你锦上添花，你就根本没有必要将就，因为你一个人一样能活得精彩。

更美丽成熟智慧的你，何必要被那些世俗的枷锁困扰，爱情也好，婚姻也罢，都不是女人的必需品，也不一定会给女人带来幸福，唯有发自内心的自信，才是女人得到幸福的终极武器。当你喜欢自己的时候，就不会觉得自卑。

所以，看看现在的你，自信的样子美极了。

你当先努力，才有资格提要求

文/玥玥

前阵子看了本古风小说，里头有这样一个片段：某地闹山匪，多年打不下来，匪首表示，要降也行，有条件若干，可是哪个县令都不愿满足那样苛刻的条件。后来新来了个小县令，不硬打不流血，只在山脚唯一的出路守了重兵，然后派人偷偷上山把粮仓烧了，再放出话来：下山缴械投诚可饶不死，前一百名还有酒和牛肉，中间一百名有干粮，再后一百名只能喝稀粥，等这三百名都满了，就放火烧山。

几天之后，第一批饿得眼冒金星的山匪下了山。

自然还有那宁死不从的。于是策略又变了——能说服同伴一起下山的，两个人都有银子领。

于是，很快山匪们就被“一网打尽”了。

这并不是一个鲜见的故事，古往今来，有求并不一定有应，逼到没有路，自然要想新的出路。而这样的故事里，还有一个道理：失败者没有资格谈条件。这句话很残酷，但它也是血淋淋的现实。

我们对自己的人生，总有各种“要求”。大到升职加薪、爱情美满，小到瘦个十斤、买一个名牌包，等等。想要什么，并不丢脸，所谓人往高处走，人活一世，当然要越活越好，可是如果只是“想要”，却不先付出行动，就成了妄想。

想得到更多，得先做得更好。

朋友的妹妹芊芊想去上海，她已经想了很多年了，可是她高考那年，因为志愿报得不妥，又服从调剂，读了一个很冷门的专业。

芊芊原本想要复读，可是她的小姨说，自己很快要开公司，等芊芊毕业了，就可以到“家族企业”上班，想做什么，一切好谈。

芊芊在母亲的劝说下，勉强把三年大专读完了。那三年她非常不开心，因为所学非所爱。等到她毕业，就更不开心了——小姨的公司并没有开起来。芊芊继续勉强地找了一个与自己专业对口的工作，上了半年班，满肚子难过，打算辞职。

第一个不让她辞职的又是小姨。小姨说芊芊的专业太冷门，还是

个大专文凭，辞了这个，别的工作更难找。芊芊还是辞掉了工作，在家哭了一周。

那时，芊芊的一个同学在上海进了一家广告公司，诚邀芊芊和她一起去上海。芊芊妈非常舍不得，加上她身体也不好，于是芊芊并没有去。于是芊芊又开始了为期三年的各种找工作与辞职，辞职再找工作。最后，她在办公室里情绪失控，丢掉了最后一份工作。

那一阵子芊芊完全不想见人，怕别人问她，你最近在做什么。芊芊尤其不想见总是说着“你连老家的工作都干不好，去上海更不行”的小姨。她当然不能怪小姨，更不能怪妈，因为原本可以做决定的人，是她自己。她内心里也明白，小姨说的是对的，她去了上海，只会更糟糕。可她只能在母亲担忧地问她“你到底想干什么”的时候，赌气地回一句“我想去上海”。

两年前的夏天，芊芊在朋友的邀约下，去上海玩了一圈。她喜欢那个繁华的都市，也看到了昂贵的房租与朋友的辛酸和不容易。这份不容易，反而让芊芊打起了精神。她问自己：能不能做到朋友那样？那么努力，那么辛苦，也那么不放弃？

答案是：别管那么多，先去试试。

芊芊报了一个进修班，广告专业，几乎从零开始。她并没有吃用家里的，而是到社区街道工作，和老大妈们一起，整理完资料就背专业术语。尽管相对十六岁时，二十六岁的她背一个英语单词，要花掉三四倍的精力。

一年后，芊芊又对家里说：我要去上海找朋友玩。这一次她用去玩的时间，在上海递了简历，并面试成功，成为一家广告公司的职员。看着芊芊给自己父母包回的红包，小姨也不再说什么了。

过年的时候，我见到了从上海回来的芊芊，她并没有一夜之间变成大都市的时尚先锋，也并没有赚到太多钱，但是她的脸上有笑容，比在老家那时美多了。

芊芊说，她的下一个目标是五年后能去4A公司工作。

她再也没有当初的迷茫，并且知道，现在的自己，不必想得那么遥远，只当先努力，为去更好更高的地方，做足准备。

在“要求”面前，情感没有用，能力才是唯一的条件。

朋友小鱼终于离婚了。朋友们都为她感到高兴。尽管我们都知道，一个三十二岁带着五岁儿子的单亲妈妈未来的日子不会容易，但我们还是高兴。因为我们已经陪伴她度过了崩溃哭泣的那一年；因为现如今的她，容光焕发。

这件事还得从两年前说起。

那个冬天，小鱼发现老公出轨。她曾经用“我的世界坍塌了”来形容她当时的彷徨心情。

小鱼和她的老公曾经是同事。公司有规定，如果谈恋爱，两个必须走一个。

小鱼和老公一开始暗地交往，也度过了不少美好而有趣的时光。后来小鱼意外怀孕了，两人决定结婚。当时他俩商量了一下，老公无论是工资还是升职空间都更高更大，于是小鱼提出辞职。

婚礼上，老公当着所有人的面，信誓旦旦地说：“你就在家养孩子，我来养你。”小鱼也信了。她把在工作上的能力全部转到了家庭上，她的家是我见过最干净整洁也最有味道的。

后来孩子出生，小鱼没有麻烦父母公婆，也没有请保姆，洗衣做饭看儿子，全部自己来。她不再化妆喷香水，也没能再瘦到结婚前的样子。她的老公顺风顺水地加薪升职，但也越来越需要“充足的睡眠”。于是小鱼带着孩子和老公分了房睡。

又过了一两年，老公的抱怨越来越多。“孩子的玩具怎么乱丢？”“一进家门到处都是小孩衣服乱糟糟的！”“你又在网上买了东西？”……都能成为他发脾气的理由。

小鱼全都忍了。但她的忍，并没有换来温柔与温暖。后来，老公回家的时间越来越晚，不是“陪客户喝酒”，就是“跟同事出去玩”。可是老公忘记了，他的同事，有那么一两个，曾经也是小鱼的同事。

小鱼很快就得知了老公出轨的事。她第一时间想要提出离婚。因为在这段婚姻中，她已经很像一个单亲妈妈了。她最不能忍受的，是老公陪伴儿子的时间几乎为零。

小鱼的老公不愿意。

我们有个朋友讽刺地说：有这么一个在家里安静地洗衣做饭带孩子的田螺老婆，我也不愿意离婚。

小鱼一开始也有点心软，反复地哭泣犹豫。

但有一天，她的儿子对她说：妈妈，你不要欺负爸爸，不要跟他离婚好吗？小鱼崩溃了。这样的话，儿子说不出来，是老公教的。

小鱼不希望儿子成为砝码。她找了律师，却得知如果她没有收入，就很有可能失去孩子的抚养权。小鱼很崩溃，儿子从来都是自己带着的，怎么就不能要求他还跟着自己呢？但是律师的话让她清醒了：法律当然会考虑孩子跟你亲，但法律更会考虑谁能给孩子更好的生活条件。

小鱼只能重新开始努力。尽管五年前她会的那些，早已被市场淘汰；尽管主妇想要重新找工作，难于上青天。她去过两家小公司，兢兢业业，低头做事，却都被拖欠了工资。最后她到了一家英语培训中心，当排课员，至少算是有了一份稳定的工作。

这个过程说起来只有几句话，却历经了一年半。

这一年半，小鱼没有抱怨过疲倦，也哭得越来越少，因为她知道，她的要求是什么。最后，她得到了她想要的，离婚官司打赢了，孩子判给了小鱼。

“我不关心你的情感，我只关心你的诉求，并关心怎样才能让你拿到诉求。”这是我的一个律师朋友对我说过的一句话。

得不到诉求的原因有很多，总结起来却只有两点：

1.你的理由（受伤害程度）还不够；

2.你太弱而对方太强。

就像小鱼想要孩子的抚养权，而她的工作和收入就是她的条件，当她有足够的条件时，才能提要求。否则，即便你哭着喊着掏出一颗真心，也有可能得不到你的“要求”。

淡淡一笑地说出“我能做到”，比空喊“我可以”更有力量。

我有一个没有血缘关系的阿姨，是妈妈朋友的姐姐。她今年已经五十岁了，单身，无子。在她年轻时的那个年代，单身主义者就像怪物。

如果说被父母催婚是“紧箍咒”，那她当年应该是被念叨得最死去活来的那一个。甚至还有人对她说：你再不结婚生孩子，过了更年期你就后悔去吧！

但五十岁的她并没有后悔。甚至有时我妈妈看见她的朋友圈照片，也会由衷夸一句“小敏过得真好”。她还会时常跟我讲起小敏阿姨是多么的有能力。

小敏阿姨不再被所有人念叨，是因为她自己挺过了一场手术。

四十五岁那年，她得了乳腺癌，好在是比较早期的，危险性不算太大。她没有告诉父母，只让最好的朋友去签字，术后找了护工照顾自己，又打了六期化疗。

其间，小敏阿姨也哭过，但是她没有崩溃，更没有绝望。因为“单身生活”是她自己的选择，她早早地告诉自己，要有足够的能力应付“单身生活”的所有问题。所以年轻的时候她就很努力，十年奋斗，从国企离开，自己开了小贸易公司，手里有好几个铁磁客户，也攒下了足够治病也足够让老年生活过得富足的钱。

她顺利地跨过了治疗期、化疗期、观察期。如今，她的公司继续在运营，每年她都会选一个城市去度假，有时候带着父母，有时候独自一人，让沿途遇见的好心人帮自己拍美美的照片。

后来，小敏的父母和亲戚都知道了她生病的事。那些曾经说过“你不结婚不要孩子以后生病了怎么办”的人，再也不说话了。甚至有时候，他们在为孙子孙女操心时，也会羡慕小敏阿姨的“悠闲”。而父母在担忧之后，更多的是放心——尽管小敏她一辈子单身，但可以过得很勇敢，很快乐。

小敏阿姨面对困难，能淡淡一笑，说出“我能做到”，她也的确做到了。

先努力做到，比拼命告诉父母、亲戚、朋友“我可以”，更有力量。

二十岁的芊芊，三十岁的小鱼，四十岁的小敏，都是这个世上的普通人。

可她们的不普通，在于她们清楚地知道自己的“要求”是什么，并且不依赖他人，只先靠自己努力。

每一种生活，都有各自不同的困难。

只有当你变得更加坚强冷静，并且拥有足够的能力，才更有资格，开口对这个世界提出要求。

所以，当我们有所想，有所愿，唯一的方法，就是用自己的努力，去让那些质疑的声音消失，去把那些困难一一粉碎。

无论是二十岁，三十岁，四十岁……你当先努力！

你喜欢的那个自己一直都在等着你

文/杨琳

在村上春树的访谈里，他说人们确信自己会有不同的三十几岁。好像每个踌躇满志的少年心里都曾有过这样的想法。看到父辈的人生，看到他们的不完美和种种缺陷，觉得自己一定会有和他们截然不同的二十几岁、三十几岁，过完全不同的另外一种人生。

可是当不知不觉已经过了那个设定的年龄，已经开始回望二十岁，开始总结和比较的时候，虽然发现我们确实经历了和父辈们完全不同的成长，可是这种不同，并不是自己想要的那种不同，一切都发生了很奇怪的错位。

像陀螺一样奔赴生活的各个战场，一刻没有停，也一步都没有误，然而，我们也没有成为自己预想的那样一个人。很可能我们的潜意识里其实根本就没有对成为理想中的自己抱有坚定的信仰，更多时候都只是安于当下，不思改变。

直到有一天，如此缺乏趣味但也四平八稳的生活，也会被一些荒谬的原因彻底打破。原因很可能是你的上司因为要讨好一个大领导，就安排大领导的关系户顶替了你的工作岗位，而把你调整到一个莫名其妙的岗位；有可能是身边某一位同事想要上位，暗中做了一些手脚；有可能是你休产假要按点喂奶，不能牺牲法定的哺乳假奉献给单位，做那种装模作样的加班狂而被鄙视。

你可以说，这个世界就是一个弱肉强食的男性为主导的世界，你结婚生子就是单位领导的眼中钉肉中刺，要是理所当然享受了那些福利和假期，并且没有讨好领导和同事，有人事变动时你会第一个被“关照”。

你极度恐慌——恐慌那种被稳定包裹的生活的消失，你不安——逐渐进入中年开始面临上有老下有小的种种问题。然后，在这种境地中你才被动地开始思考：我到底要怎么办才好？我到底要一个怎样的未来？

也就是在这种被动式的思考里面，你惊讶地发现，在某些环境中，做一个认认真真的普通人这件事居然都是很难实现的。

很不幸，也很幸运，我就是经历了这种遭遇的一个人。

若是几年前，面对这种遭遇，我想了想，觉得自己应该是那个只会委屈地找地方哭的人。而这幸运地发生在生了孩子之后，好像三观都重新被刷新。我发现自己好像并没有那么怕，当了妈妈的人大概都变成了战士。真的像在产床上的那个时刻我想的那样，以后再也没什么事我真的会怕到做不了了吧。

我开始认真审视自己这几年的工作和生活，没有和自己拧巴，也没有自怨自艾博得什么同情。

因为女性的身份、生理特点而受到不公正的待遇时，我们为什么还要忍受？这是一种纵容，也是一种对自己的不负责任。对于自由和平等的追求不应该因为现实的这些苟且而搁置。其实往往在遇到问题的时候，我们真正在意的东西才会显露出来，对自己的判断和衡量才显得非常重要。

我发现，自己虽然工作了好几年，可是这份工作一直不是特别中意和喜欢，而能坚持这么久也是因为贪图体制内的安全感。那时，想要进一步深造的梦想蠢蠢欲动，觉得自己还有机会再搏一把，想要重新回到学校去攻读博士学位，之后再选择更适合自己的工作。

所以，迅速离职，脱离了那个让人窒息的环境，整个人轻松起来，也让之前的同事大跌眼镜。是的，权衡了并不适合自己的工作和急需照顾的幼小孩子，我不觉得自己作为一名高知女性暂时退回家庭做全职妈妈有什么不妥。在孩子最需要照顾、性格形成的关键时期，退回家庭，和孩子一起成长；在做好准备积蓄好力量的时候，重返职场，这简直是我能想到的最值得的事情。

如果说是因为孩子我产生了暂时退出职场的想法，我觉得不那么贴切。但也正是因为孩子，我开始知道自己真正需要的是什么样的生活。我想让孩子看到，自己的妈妈不仅是一个坚强的、独立的、努力的人，同时也是勇于改变的人。

身教大于言传，我希望自己的行为成为对孩子最好的教育。

利用这一年，我给自己定了三个最重要的目标：一是对孩子高质量的陪伴，二是按计划多读书做好入学准备，三是建设好自己的身体，养成良好的运动习惯。能用一年时间做好这三件事，已经是非常不易的了。

所以，办好健身卡，整个上午全身心陪伴孩子，下午自己打扮得漂漂亮亮的去附近的学校上自习，制订详细的学习计划和读书计划，一步一步踏踏实实完成。晚饭时间按时回家，继续陪伴孩子，直到照顾他睡觉，自己再做一点喜欢的事情。

成年之后有这样一个gap year（间隔年），我觉得非常充实和幸福。

看到身边那么多人拼命加班，说是为了要打好事业的基础，避免中年过后还要加班为生计奔波。可是把加班当作习惯的人，大多数也

逐渐把不回家当作了习惯，多年之后也没有按时回家的习惯和意识了。

很多家庭，在孩子上大学之后，夫妻俩与合租房客并无二致。年轻时候就不按时回家的丈夫，人过中年之后，有条件按时下班了却一样晚回家，宁愿呼朋引伴也不愿意回家陪伴家人。即便在家的时候，你看你的电视，我读我的报纸，相安无事，也没有交流。这样沉默而安全的家庭不会爆发什么战争，可是太过可悲。这样的家庭不在少数。也许很多人并未想过自己的生活会变成这样，可现在做的一切却都步步推向这个结局。这并不是我想要的生活，绝不要。

总是觉得，家庭不仅仅是两个人一起居住的宿舍，也并非进门脱衣就睡的宾馆。你总要用一些心思去建造、建设，无论对爱人还是孩子。

一个人的生活状态，或许应该是找个合适的位置安置自己。深陷在硕大的沙发里，或是坐在硬板凳上，时间久了，总有不适感。把安置自己的这个“窝”变得适合自己，让自己最舒服、最放松，也能在里面做点事情不至于昏昏欲睡应该是最合适的吧。

读了十几年陈丹燕的作品，也在看她一路的生活。她找到了适合自己的椅子，以舒服的姿势，构建一个坚固稳定而又溢满芬芳的心灵世界。她是我想象当中的完美女性的样子，温润细腻的笔触，纤毫毕现的敏感，走遍世界的视野，以及作为贤妻良母的普通人的生活，无论是工作性质还是家庭生活都非常令人羡慕。一个人能追随自己内心的声音，走到很远的地方，看大千世界、感受内心的丰沛，同时享受世俗生活，真是人生的赢家。她那种从精神到人格的自由，真是吸引人。

我们需要一份清醒，来面对周遭的世界，也需要更清澈的一份自由，去摆放自己并不卑微和懦弱的梦想。

在亚洲范围内，中国女性，尤其是城市女性的自由程度，我觉得已经很高了。很少有中国女孩再认为自己是男人的附属品，一生的终极目标就是嫁个好男人。可是，女性自身对于自由的理解和认识，其实存在着相当大的局限性，有一段漫长的路需要走。

作为一个80后的妈妈，尤其是职场妈妈，从我自身的经历感受和同龄人之间的沟通交流来看，我觉得非常不易。这个妈妈群体因为自己比较高的文化程度和对事物的认识程度，在养育孩子的问题上已经将难度上升了好几个等级，奉行科学育儿的理念，不会把孩子完全推给老人或者保姆，无论是在养育还是在教育上都倾注了大量心血。一方面，当下职场不会因为你是一个新晋妈妈而降低任何工作的标准和强度；另一方面妈妈们也不想放弃自己的职业生涯，在工作上倾力而为。事业和家庭的平衡变得难度很大，于是有那么多的妈妈在不具备什么母婴室条件的单位、公司仍然坚持做背奶妈妈，只为给孩子最好的母乳；有那么多妈妈只能在哄睡孩子的深夜加班做没完没了的PPT，写没完没了的领导讲话稿；有那么多妈妈在孩子出生后的好几年都不能完整地看一场电影、心无旁骛地逛逛街、和闺密喝个悠闲的下午茶。工作日是战斗，休息日更是战斗。

而我想说的并不是要给予这些女性更多的理解和关爱，而是身为这其中的一员，我们所有的努力真的是源于爱——热爱和自爱。在有条件让老人带孩子的时候坚持任何事亲力亲为，给孩子高质量的陪伴，在有条件放弃工作的时候仍然选择坚持，这本身就是一种自尊和修养。

而我们还需要什么呢？我想是进一步开拓思维，拓宽眼界。无论对自己、家庭，还是对孩子，有了更高的眼界才会有更大限度的自由，也才能不被眼前生活的巨大事务性洪流所淹没。而眼界来源于哪里？我觉得是对自己的建设，是对改变自身生活状况的不放弃，是永远对想要成为的自己留存希望。

很多事情在更高的一个维度上思考就会发现，那些长期禁锢我们的东西根本就是纸老虎。没有什么事是必须要履行的流程，不一定过了三十岁，女生就一定要慌慌忙忙找结婚的对象，参加各种相亲大会，在各种人际关系里寻找可能性，放弃了对于感情本身的追求；不一定结了婚就一定要生一个孩子，如果夫妻二人本身都还没磨合好，或者两个人根本就不想要小孩子；不一定生了孩子就要加入到黄脸婆的队伍中去，眼里只有丈夫孩子和柴米油盐酱醋茶，丧失了自我，一副狼狈相。

是的，我们应该有足够的自省和自觉，任何时候都不要放弃对事物本质的追求。对于完满感情的期待，对于内心明确方向的坚持，对于自己持久不懈的建设和担当，应当应分。我们会比自己想象的更自由，只是没有那么轻易发现这一点。

你值得过更好一点的人生，可以拥有更多选择的可能性，就像那句贴切的英文：you deserve more（你值得更好的）。自由不能靠任何人给予，只能自己不停歇地追寻。如果有人让你一直处于不自由的困顿状态，那个人只会是你自己。

又想到村上春树的小说《1Q84》中那个傻头傻脑的天吾，心无旁骛做着每一件事情，相信内心的力量，不相信一切取巧的方法，也不会被什么事情打乱自己的节奏。这不单是一种坚持，也是一种信仰。他不那么确信最终和青豆会有一天真的重逢，可是如同信仰一般，他做的每一件事情都在促使最终结局的发生。这是我所喜欢的，行动优于思想，步伐优于语言。

你喜欢的那个自己，一直都在等着你，只要你别停下脚步。

亲爱的，看到你还爱美我就放心了

文/向暖

一・

自从有了微信朋友圈，很多已经消失于茫茫人海的老同学、老朋友又有了消息。虽然朋友圈显示出来的消息是零星的，虽然晒出来的内容很可能跟实际生活有很大的距离，但是，点开它，就如同打开一个万花筒，可以窥见别人生活的蛛丝马迹。我对于渐行渐远的人的生活并无浓厚兴趣，也不热衷于各种点赞，但是偶尔也会点开朋友圈，浏览一下，看到晒幸福的，也跟着嘴角扬一下，看到发老照片的，心中也升起一丝感慨。也有些旧相识，忽然某天就在朋友圈里贴满了广告，化妆品、面膜、手串、玉石热火朝天地卖起来，让人忍不住想屏蔽掉。

某天，我打开朋友圈，忽然看到长久没消息的老同学小安，发了一些面膜广告，不禁有些唏嘘。这些年，偶尔会惦记着在青春里过得跌宕起伏的她，如今在做些什么，却不想原来她卖起了面膜。

二·

有人说，青春像一个容器，装满了青涩、不安、躁动，与偶尔的疯狂。我的同学小安的青春，原本可以安稳、平顺、明媚，只是，偶尔的疯狂，颠覆了它原本的轨迹。

记得那一年，我们都才十七岁，还在上高中，每天面对的是书桌上堆得一尺多高的书本和复习资料、黑板上密密麻麻让人眼花的习题，在少得可怜的课余时光里，我们追星、看言情小说、做白日梦、悄悄喜欢隔壁班的男生。

我们那会儿都羡慕小安。

小安长得特别白，是我们那个年级长得最白的女生，皮肤好得感觉随时能掐出水来。她写得一手好字，临帖的习作字常常被贴到宣传栏里，作为大家临摹的榜样。她外表文静柔弱，是个乖乖女的形象，但如果和她接触多了，你会发现她内心其实极其活跃，甚至装着些许疯狂。

我们羡慕她并不是因为她长得白和她那文静的外在，而是因为她有太多漂亮的衣服了。

小安的爸爸是一家大工厂的负责人，出差的机会特别多，他每次出差回来，都会给唯一的女儿小安带很多礼物，尤其是买一些漂亮的衣服，所以小安的衣服是我们的好几倍，而且来自五湖四海，各种款式都有。我印象特别深的是她爸爸从香港给她买回来的一条裙子，是那种颜色很正的红色，穿在身上非常耀眼，那条裙子的款式在我们那个小城里根本就没有出现过。

小安有一个很大的衣橱，我们每次去她家里打开她的衣橱，看到琳琅满目的衣服，都要忍不住咂舌。

小安超级爱美，虽然平常出于无奈必须要穿校服，但是一到周末，她必然要把自己打扮得花枝招展，一天要换几次衣服，还会悄悄地描眉化眼涂指甲油。有时候周一上学，我们还可以在她的指甲上看到没有擦干净的指甲油的痕迹。小安的父母在女儿爱美这件事上，没有给予什么限制，大约觉得爱美是女孩的天性，女儿美也让他们脸上有光吧。

小安爱美，喜欢漂亮的衣服，但是人很大方，并没有把那些衣服饰物视为珍宝。我记得有一次我参加一个演出，需要穿红裙子，很不好意思地开口向她借，她二话没说就给我拿来了。我还记得有一次她爸爸给她买了一大盒胸针，周末我们一群女生去她家里玩，她送了我们每人一枚，最后盒子空了，她一个都没留。

小安的爸爸是我们学校家长委员会的委员，跟我们班主任关系很好，所以班主任对小安格外关照，经常在班里表扬她，很多荣誉都会给她，小安在老师面前也维持着她模范生的形象。当我们为了一场体育竞技欢呼的时候，她常常是沉默的，虽然我们知道，她心里大约也在热烈地欢呼。当我们热烈地讨论某个明星的时候，她几乎不插嘴，但是我知道，她家里藏的明星画报比我们任何人都多。当我们看到隔壁班那个很帅的马泉从我们身边走过忍不住叽叽喳喳的时候，她从来都是安静不语的，但是我看到，她的耳根也会发红。

说起马泉，他那会儿可是我们学校的风云人物，爱玩，不怎么用心学习，但是成绩还说得过去，爱运动，篮球打得好，爱耍酷，喜欢抽烟打架。

长得帅又有点个性的男生很容易得到女生们的青睐，那会儿年级里暗恋马泉的女生可真不少。不过马泉太贪玩，似乎对哪个女生都没有上过心。

马泉的爸爸去世早，他妈妈性子柔弱也管不了他，于是他从小就有些放荡不羁，喜欢惹是生非。学校的老师们也常常拿他没办法，因为他的成绩还过得去，所以只要惹不出大事，老师们对他也是睁一只

眼闭一只眼。

马泉是什么时候看上小安的我们不得而知，小安是什么时候对马泉动心的我们也不得而知，这两个原本风马牛不相及的人似乎是忽然就好上了。

高中那会儿早恋的不是没有，但是小安这样的模范生明目张胆地跟一个喜欢惹是生非的男生出双入对却是让人惊讶的。两个人好了之后，只要马泉站在我们教室门口的走廊上吹一声口哨，小安就低着头默默跟着他出去，真是让大家大跌眼镜。

马泉和小安早恋的事情在学校闹得沸沸扬扬，班主任和小安的父母都着急了，开始出面干预。小安的爸爸每天都到学校来接送她，把女儿盯得密不透风，班主任也一天到晚监督她，不给她跟马泉接触的机会。渐渐地，马泉和小安来往像是少了。当家长和老师暗暗松了一口气的时候，却发生了一件令人意想不到的事情。

那会儿接近暑假，马泉在校外跟人打架，误伤了一个社会青年，马泉当时以为那个人不行了，慌乱之下决定跑掉。跟他一起离开这个城市的，还有小安，走的时候给父母留了一封简短的信，还带走了一千块钱。其实那个社会青年没受太重的伤，后来也没有追究此事，可是一对懵懂的小情侣，却为此事跑得无影无踪，急坏了家人。

那年暑假结束的时候，听说小安回来了。但是开学的时候，我们没有在教室里看到她，大家都在私下里传，她怀孕了，打了胎，身体虚弱，暂时上不了学。至于马泉，听说他在陌生的城市参与抢劫，被当地公安抓获，入了狱。

有一次我路过小安的家，远远地看到她，穿着件肥大的衣服，趿着一双拖鞋，像是变了一个人。听说她父亲在她回来不久后突发中风，路也走不了，不能上班，只能在家休息，她家的境况一落千丈。

小安直到第二年的暑假之后才来上学，但是没有回我们班，去了比我们低的年级。

后来我们先于她高考，再后来听说她高考并不如意，上了一个专科学校，再后来听说马泉出狱了，但是满世界跑，并没有停留在我们这个城市，他和小安也没有在一起。

小安毕业后就留在父母身边，一边工作一边照顾行动不便的父亲，她母亲有些抑郁，家里的境况一直不好。

三·

我在朋友圈里，除了面膜广告，没有看到小安的其他近况，不过在几周之后，我偶然遇到了小安。

她的状态比我想象的要好很多，皮肤依然很白，穿着很得体，暖色系的衣服衬得她肤色很亮。她化了妆，指甲也涂了很亮的颜色，看得出，她还像当年一样爱美。

我们找了个地方坐下来聊聊，互相说起近况。小安说她父亲中风有后遗症，经过这些年的治疗，现在能走路，但是不像正常人那么利落。她妈妈当初因为家境突变情绪低落，得了抑郁症，也一直在服药，不过这两年渐渐好起来了。小安自己也有段沉沦的日子，过得浑浑噩噩，觉得生活一点奔头都没有了，就连爱美的心思也消失了。直到她从外地跑回来的第二年春天，有一天，天气那么好，她打开衣橱，看到那么多漂亮的衣服，忽然生出了爱美之心，她又想打扮了。修饰打扮一番后，她觉得自己又有了力量。

后来她又上了学，身体和心情都慢慢好起来。

如今的小安在一家小公司上班，赚钱不算多，因为经济上有些压力，所以业余时间卖面膜。她已经年过三十，经历过几段感情，可是都没有修成正果，至今还是一个人，不过最近交了个男朋友，处得还不错。这些年，生活浮浮沉沉，发生了很多改变，但是她还一直爱美。

她说这些的时候没有遮遮掩掩，表情自然，语气平常。我知道，这些平常叙述里，其实藏着数不清的辛苦和挣扎。

我们的话题转到老同学身上，马泉当然也是避不过去的一个人。小安似乎也没有想回避什么，她说："我和他在年少轻狂的时候喜欢上对方，那会儿什么都不懂，只有一脑子冲动和傻乎乎的勇敢，现在才知道，那只是一段劫，我们根本就不适合在一起。听说他还在外面漂着，这些年偶尔会对他有些牵挂，想知道他过得好不好。"

“你竟然不恨他？”这句话从我这里脱口而出。若不是当年马泉带走了她，她怎么会怀孕打胎，她的父亲怎么会气急中风，她的母亲怎么会抑郁，她的家境怎么会一落千丈？

可是小安说：“为什么要恨呢？当年喜欢他，跟他走，都是我的决定。”

小安说起当年马泉追她，情窦初开的她看到他胳膊上文了“小安”两个字的时候，不禁怦然心动。

她说她当年跟着马泉出走，带着惊恐不安，又带着那么一点点刺激，两个人游走了好几个城市，可是一千块钱那么不禁花，年少的他们很快就陷入了困顿。“他去抢东西，是因为不想让我挨饿。”小安说这话的时候，眼圈红了一下。

我一下子觉得，如果说当初她做错了，那么此刻一切都可原谅。年少的时候，谁不曾躁动轻狂，谁不曾幼稚迷茫，她已经为当年的疯狂举动付出了那么大的代价，如今在坎坎坷坷中还能够活得漂亮，这样的她应该得到祝福。

四·

我知道，尽管坎坷的经历滋长了小安生活的力量，但是如今的她生活依然不够顺遂。父母的药费、工作的辛苦，都给了她一些压力。我忽然想起她在卖面膜，遂说道：“最近皮肤缺水，我买你些面膜吧。”

她笑了，说：“不用买，我送你几贴最好用的。我代理的面膜我都亲自试过，好用我才卖。我也是因为喜欢化妆品什么的，才卖这个。”

我诚意要买，她诚心要送，最后我不好再推托了。

我们坐了一会儿，她有事先走，我看着她的背影，依然窈窕，步态很美。

作为老同学，看到她还那么爱美，我就放心了。

为什么你付出那么多，却没有人感激你

文/马宁宁

小越最近很苦恼。

她对男友付出甚多，还按照他的喜好来规划自己的轨迹，然而他却对她愈加轻视。工作中，别人对她的诸多额外付出也并无感激。

“为什么我愿意牺牲自己去成全别人，却得不到别人的一点点感激和回应？”

牺牲自己，成全别人。听上去很美好，很伟大。然而症结也正在于此。

可爱的姑娘，在乎别人的感受之前，先学会在乎自我吧！

这句话说起来很简单，但经历过的人都知道，殊为不易。

以前有很多年，我也曾活得懵懂，不时会有自我迷失、因外人外物而失控的感觉。

这些年，遇到或听到过许多人许多事，所思所见，让我有了一点体会，心境逐渐平稳起来，自我开始强大起来。在这个过程中，跌跌撞撞，难免走了许多弯路。

开心做自己，前提是要知道自己内心真正想要的是什么，多去体会“自我”的重要性，才能在精神层面过得幸福平顺些。

讲几个故事吧。

第一个故事：“我以为拥有贵的东西才能和别人做朋友。”

有个朋友告诉我，她年轻时开始喜欢化妆，起初用的大多是名气没有那么响亮的平价物，大品牌也有，只是不多。

有一天，休息时同事们打开化妆包，她发现几乎个个用大牌，同事们似乎用异样的眼光看着她，她忽然面红耳赤。一时失衡到非常嫌弃自己的平价品，想立刻把它们扔掉。虽然她并没有立刻那么做，但还是逐渐都换了大牌。

“哪怕两者效果差不多，可是那段时间我就是觉得贵一点更能拿得出手。不只是对着别人，就算自己在家，也觉得贵的就是感觉好。

平价的东西看了会堵心，觉得碍眼又讨厌，我一边用着它们，一边嫌弃它们，这种感觉很糟糕。”她说，“而当用着这些大牌的时候，自我感觉会好很多，但其实我也说不清楚到底好在哪里。”

很多年后她这样说：“后来经历了很多事，我才意识到，当人需要用‘拥有某些东西、某些品牌来证明自己是谁、自己更有优越感，而这些东西究竟好不好或者好在哪里并不重要’的时候，是内心自我不够自信的表现。

“东西本身无所谓好坏，对待它的心态却是对自我评价的映射。现在我所有的用品都随心，好用又适合我，无论贵贱，都会成为我的最佳选择。因为这个选择的过程是以‘我’为中心，为‘我’服务。至于别人怎么看，我不在乎。

“我不再需要别人告诉我我需要什么。我才是自己的主宰，物质是为我所用的，而绝不是控制我情绪和心情的主人。”

比如小越，觉得穷和不美是阻碍她发展人际关系的最大障碍，这是不是也是对自我评价的映射呢？不是别人在乎，而是自己在乎，所以用无形的绳索束缚了自己，让自己透不过气来。

别人真的笑你了吗？还是嘲笑自己最多的人根本就是你自己？就算别人笑你了，那是她的修养问题，不是你应该去迁就她的原因，更不是让自己不开心的理由。

在生活中，大多数人都对别人没有故意的恶意，因为别人生命中的重大变故或是呼天抢地的遭遇，对他来说只是故事，一瞬云烟，闲时的谈资，聊几句就过去了。如果因为外人的随口说法就想不开，何其自伤。

反复说到“自我”“自己”的重要，不是在教你自私，不是要你唯我独尊，而是在强调精神世界的稳固和清晰对人的重要性。

第二个故事：“我不能离开这样的生活。”

前一段时间看电视节目，一个四十多岁的女士，二十多年以来被残忍家暴，动辄半夜被老公踹到床下，她却表示不能离开这样的生活。

“我们是笔友，是我追求的他，但是一见面我就后悔了。可是他威胁了我，我就跑来和他结婚了，婚后第三天，他就打了我。

“其实大多数时候他对我挺好的。打了我以后他会痛哭流涕，跪下求我原谅。

“他一点都不关心我。有一次我生病，他也完全置我于不顾，我打着吊瓶在厨房为全家做饭，一边做一边哭。我觉得自己好可怜。

“我不舍得两个孩子没有父亲。”

一个小时的节目里，她委屈的眼泪几乎没有停止过。同样类型的故事有很多。不管是朋友、恋人，还是夫妻、家人，都容易出现类似的故事，只是程度不同而已。

这是自我迷失的典型案例。

从她的角度来看，她是多么值得同情，多么伟大，为了别人委屈着自己，牺牲着自己。大家谴责她那该死的老公，就能成全她的伟大。她似乎被这样的自己感动了，感觉甚有陷入悲剧的美感，悲壮的美感。

她在原生家庭中大概是缺爱的，急切想得到认同，却用了“失去自己”这样惨烈的方式。

遇到这样的人，我不会幸灾乐祸，但也不会同情。因为同情就是她所需要的毒药，这种毒药纵容着她愈加失去自我，而这种毒药我不想给。

牺牲自己并非都是美德。

而故事里这位女士，最需要的是爱她自己，而非牺牲自己去爱别人。

因为当你连自己都不能好好去爱去保护的话，你就没有能力去真正地爱别人。这个别人，不仅包括同事、朋友、恋人，也包括家人。

要拥有完整的自我，请爱自己，凡事以自己的感受为先。那些让你痛苦、痛哭的人不值得你留恋，更不值得你付出和牺牲。不要被自己的付出和牺牲所感动，心里暗暗歌颂这样的自己。

第三个故事：“租的房子能让我过上想要的生活吗？”

这个故事的主角是我本人。

我这些年在外漂泊，尽管有自己的房子，但大多数时间都不得不租房来住。

最初，会抱怨租的房子不能按照自己的心意设计。各种不如意，不满意。但是现在，我却能在租的房子里住得很开心。

为什么？因为我开始知道，就算是租来的房子，我也应该事先知道自己最想要的是什么。比如我现在住的地方，我选择它是因为生活便利，室内收纳空间多，柜子足够大，客厅有不错的空调。这是我最关注的，而它都能满足。

其次，在此前提下，我可以按照自己的心意来美化和布置它。

不那么漂亮的沙发，铺上沙发套；不那么好看的餐桌，铺上自己喜欢的桌布；不那么好用的洗衣机，自己买一个物美价廉的；有点空旷的空间，摆上自己喜欢的一点一点收集起来的小物品；不够舒适的床，买一个好睡的床垫，用上舒适的床品……

对，这就是我想要的生活空间了。无论在哪里，都可以很愉快地生活，而不只是抱怨这里不适合自己。

问题的关键是：我想要什么？我如何在现有的条件下尽可能满足自己？经常这样向自己提问，就会慢慢发现，逐渐找到自己想要的生活没有那么难。

这个世界很大，宇宙更大。我们作为一个个体是如此渺小，生命如此短暂。所以，无论人生的际遇如何，请拥有自我，请永远地爱着你自己。

不要觉得自己穷就不配拥有美好，不要觉得自己不美就不配好好生活。更不要因为任何人失去自己、牺牲自己。

如果这是命运给你的安排，不要自卑，不要痛恨自己，不要不接纳自己，更不要试图通过别人的接纳来确认自我的存在。

拥抱那个真实的你吧，抱抱她，告诉她你爱她。无论她是贫穷还是富贵，是高高在上还是坠入悬崖，无论她是顺境坦途还是逆境跌倒，是光明飞扬还是晦暗尘埃。

只有懂得爱自己的人，才有爱别人的能力。

只有接纳真实自我的人，才能真正获得内心的宁静。

多读好书，独立思考，培养爱好，经济独立，保持自我。这是一个人一生的功课。

你就是你，这个世界上独一无二的你。

Follow Your Heart.（追随你的心。）

做一个自己喜欢的女子：温柔且坚定

PART2

爱，把心动
变成一生的陪伴

我们需要什么样的婚姻

文/艾小羊

一·

男人在一起谈事业，越说越觉得自己失败，女人在一起谈婚姻，越谈越觉得婚姻不幸。

我身边就有一位“婚姻不幸”的朋友，她大学时很喜欢撒娇，撒娇在武汉话里叫“者”，便得一绰号：者者。

者者对婚姻的抱怨如你我一样，无趣、琐碎，男人不体贴关怀，喜欢挑刺，两人生活习惯有差异等，总之就是鸡肋。

以前，者者炒股亏了很多钱，每次见面探讨的话题变成了如何跟丈夫交代。

大家手忙脚乱地帮她出了许多主意。出主意归出主意，每个人却都责怪者者，她背着丈夫把家里所有的积蓄投入了股市，如今本钱只剩一半，这放在谁家都受不了，何况他们也只是一般白领而已。

后来，她向丈夫摊牌了，原本准备迎接疾风暴雨，没想到他反倒安慰她，说身边谁谁谁亏得更多。那一刻，她很想哭。好像一个飘在风里的人，在半空游游荡荡，带着随时会摔死的不安，如今着陆，发现自己落在了棉花堆里。

“你为啥不骂我？”她问。“你都这样了，我还说你，我是人吗？”丈夫说。

者者忽然觉得自己过去是小肚鸡肠了。如果两人角色调换，她一定会责怪他，甚至怒骂他，她不会在意他心里有多难过，因为这是他的错，他应该受到惩罚。

二·

到底谁更爱谁多一点？者者忽然迷惑。

她在意日常的风花雪月，他在意的却是最关键的时候，他要挺住。

她过去总说，一个家庭，哪里有那么多大事，爱情是在柴米油盐里。如今，她却开始怀疑，或许婚姻与爱情最大的区别就是平淡的柴米油盐下躲藏的大恩大爱，那是跳楼的人着陆时的安全垫，是伤心的人最后的避风港。

者者变了，虽然还会偶尔抱怨家庭生活，却不再怀疑结婚的意义。

结婚，除了给爱情找一个归宿，更是给人生找一个避风港。

点我喜欢吃的菜，赞美我的新衣服，说我爱你，这些都是爱情中非常重要的事情，就像培育一株花草，起初的施肥浇水除虫格外重要。而结婚意味着花草长成了大树，花草是婉约派，大树则是豪放派，大家放下小心翼翼，自然会暴露各种缺点、毛病。

爱情与婚姻最大的不同，也是花草与大树最大的区别，小虫螨可以毁坏花草，却不能缠死大树。

同甘的时候有杂音，共苦的时候却心有灵犀，已经是很好的婚姻。如果你要最好的，时时刻刻满足彼此的自恋与自爱，不排除会有这样的婚姻，但前提首先是你们不需要为生活操心，其次体力与耐力要超过百分之九十的地球人。

三·

也有人会自信地说：我这辈子不会出什么大事，我只要现世安稳，他每天都说“我爱你”。

你可能不会像者者那样炒股亏掉一半家产，但你很可能会面临离职、裁员。有一天，你失业了，回家希望听到的话当然是没关系，工作可以慢慢找，我的收入可以养家。

这时候，你会想，幸亏当初结婚了，困难有人一起扛。

这就是爱，是你需要的爱。

如果你们平日里吃喝玩乐各种和谐，你一失业，他就像天塌了一样，对你抱怨、责怪，甚至开始藏私房钱，盘算着离婚，之前所有的海誓山盟都会瞬间归零，这样的人只适合恋爱不适合结婚。

有担当的人才有资格谈爱，把婚姻当成避风港来经营的人，才真正适婚。

当你决定结婚时，你必须对一件事心里有底，那就是当你露出最脆弱的一面时，他帮你遮挡窥探的目光；当你落井时，他没有下石。如若不能，这场婚姻于你而言，其实可有可无。

二十世纪六十年代，一位文坛巨匠投湖自尽，当朋友去他家里报信，太太冷漠地说：死就死了呗。朋友长叹，他并非死于那场运动，而是死于对生活的绝望。

儿子不肯相认，太太写大字报将私人感情恩怨公之于众，被批斗了一天，回家敲门却不开……海上的风浪再大，我们心中依然有希望，那希望就是家庭这个避风港。

四·

我的父母也经历过那样的年代。父亲偶尔回家，带回来的永远是坏消息，谁揭发谁了，谁上吊了。父母在黑暗中小声说话，我听到母亲对父亲说，你可千万不能做傻事，全家还等着你呢。

我并不觉得父母的感情多么好，父亲急性子，母亲小心眼，他们之间的小摩擦几乎贯穿了生活的每一天。然而那个夜晚，我明确地感受到母亲对于父亲的爱，当许多人告诉她，父亲是个坏人、他会连累我们全家时，母亲没有丝毫迟疑地站在了父亲这一边，甚至母亲说话都变得小心翼翼，平时她经常说父亲脾气不好，容易得罪人，那些日子她反倒不提了。

父母老了以后，即使当着我的面吵架吵得天翻地覆，我也没有怀疑过我们这个家庭的稳定，并且不知不觉，我开始相信两个人一起走下去的基础是：你们可以为小事争吵，却不可为大事争执。

曾经看过一部电视剧，一对夫妻，因为孩子被人贩拐走，彼此埋怨，无法再心存善意，最终离婚收场。这是一个互相落井下石的故事，最终谁都走不出那口深井。

对于“爱一个人胜过爱自己”这件事，我始终存疑，我更相信两人相爱、相处的基石是同理心，你可以做到的，再去要求别人，你觉得不舒服的事，也不要在对方面前提起。

只有具备独立人格，处变不惊，明白人生如股市，总有低谷与高潮的人，才有资格获得爱，才可以经营好一段婚姻，那些永远觉得世界欠自己很多的人，跟谁结婚都不会幸福。

有能力控制情绪的人，是适婚的，因为婚姻背负不了两个人的喜怒哀乐，自己的情绪终归要自己解决。

有能力应对变故的人，是适婚的，因为人生漫长，总有波折，同甘小意思，共苦很重要，最妙的是能够苦中作乐。

婚姻不是我们人生的必选，如果要选，看清楚，想清楚。

婚姻是保护弱者的城堡吗

文/李小丢

前阵子的娱乐圈真的是很热闹，而且大新闻都与婚恋有关。先是“渣男”沈腾终于在沸腾的民意中和相恋十二年的女友王琦领证了；接着爆出了邓丽欣与方力申这对荧幕上和现实中的情侣在恋爱十周年的纪念日决定分手的消息；最后，“四爷”吴奇隆和“若曦”刘诗诗这对“步步”情侣在巴厘岛举行了梦幻般的婚礼，新娘子刘诗诗美得像开了挂一样，让之前许多担心这对相差了十七岁的老少恋不般配的围观群众都松了一口气。

在这三对情侣分分合合的新闻中，最引人注目的是围观群众的立场，他们基本都把自己带入了女方娘家人的立场，生怕自己家闺女受了委屈：沈腾你和人家谈了十二年恋爱都不娶人家，你个不负责任的渣男，王琦的青春都被你蹉跎掉了！方力申你不知道邓丽欣期盼着结婚吗？你还说什么顺其自然，她能不心灰意冷吗？刘诗诗干吗喜欢离过婚的大叔啊？看吴奇隆前妻马雅舒的爆料他好像很抠门啊，对赌协议给的股份现在又不能换成钱，如果三年后赚不到那么多钱，刘诗诗还要跟着他一起还债！

再看之前的明星婚恋新闻，你就会发现大家站的立场基本上是一致的，文章、陈赫出轨，大家同情正室怒斥小三；姚晨、Selina离婚，大家也是第一时间站在女方的角度审视男方是否有“渣男”的可能；梁朝伟、刘嘉玲结婚，周慧敏和倪震先分手后又闪婚，大家都有终于了结一桩心事的感觉，庆幸男方终于承担了责任……

其实两个人的事情只有两个人最清楚，但是围观群众几乎不用思考地就站在了女方这一边，说明了我们自己内心都未必意识到的一个真相，就是我们潜意识中就认为，婚姻关系更多是用来保护女方的，更进一步来说，因为在婚恋中女方多半是弱势的一方，所以婚姻就是男方这个传统中的强势一方用来体现自己保护弱者责任的承诺。

所以这也就不难理解，为什么同样是恋爱长跑多年，沈腾不结婚比方力申不结婚要面临的压力更大，因为无论是从事业发展，还是日常生活中的依恋程度来看，方力申和邓丽欣还算得上旗鼓相当、势均力敌。就像查小欣在微博里评论的那样，当有些事情改变不了，好歹有过甜蜜的十年。幸好两个人还年轻，有健康，有事业，放过自己，放过对方，明天会更好。

当女方相对男方而言不算太弱势的时候，人们才会比较容易接受一段感情的破裂不是因为谁有错，而仅仅是因为不适合。《好好恋爱》里他俩合唱过这样的句子："共你相识三千天，我没名无姓，庆幸也与你逛过，那一段旅程……放下从前一段感情，才能追求将来，你就似没存在……从今开始该好好恋爱……曾失恋的都必须恋爱……下段道路定更精彩。"

他们在电影里有这样一段对白很感人："每一段爱情都需要忍耐，还能忍受就是因为爱。"然而当不能忍受彼此的时候，友好分开也是一种正确的选择。

但是在沈腾和王琦的关系之中，沈腾是绝对强势的一方，尽管我觉得从颜值上来说，沈腾比王琦要差一大截。但是，对于沈腾一直不结婚的行为，王琦和家人的表现几近于怨妇：既绝望又卑微。

沈腾在真人秀节目上的求婚看得我尴尬症都犯了，男方一脸不情不愿找镜头的表情，女方则当众痛哭到仪态全失的地步，这哪里像是被求婚喜极而泣的幸福感啊，不知道的还以为是沈腾坐了二十年冤狱被放出来了呢……

王琦当时说的话真是卑微到尘土里，她表示结婚是她自己，也是他们全家人最大的心愿，现在这个心愿终于实现了。看姑娘的父母在求婚现场搂在一起哭得撕心裂肺的样子就知道所言不虚。

姑娘啊，你刚三十出头，当年也是漂亮得眼神会发光的军艺戏剧系出身的校花啊，现在连没读过几年书的农村姑娘都不会把结婚当作自己最大的心愿了，她们都想要去外面的世界闯一闯看一看啊！

听说现在都有老师用“你现在不好好学习以后是要结婚的！”这样的话来激励女生好好学习了，为什么像王琦这样长得好看也能赚钱养家的女孩子的心愿，却还是和古代那些被限制了受教育和独立的权利的女性一样呢？认为嫁给一个能让自己依靠的男人就是一个女人一生最大的成就，如果他日此人事业有成衣锦还乡，没有抛弃糟糠之妻更没有派杀手杀了她，就恨不能要为他立一座生祠日日烧香供奉了。

武志红老师说过：“男权社会要求男人行，男权社会的女性也渴望男人很行。”尽管现代社会不再是男权至上了，即便有很多女性自己能力也很强，不需要依靠男人才能生存了，但是“男人相对行，女人相对不行”这种观念依然深藏于我们的潜意识之中。

男人让女人相信自己更强的方式有两种：一是展示自己的优点；二是否定女人的优点。于是，男人普遍习惯于否定女人，也习惯伪装得自己很牛。漫长的男权社会造就了这种集体无意识，逼婚、逼生，连女人自己都张口就来“男人三十一枝花，女人三十豆腐渣”“女人不结婚就是变态，女人不生孩子一生就不完整了”这样的奇葩言论。

不然，为什么大家只感叹爱情长跑中女方虚耗了青春，却从来不感叹男方也不再年轻了？因为连很多女人都自认为，年纪太大了就不值钱了。现实中也确实如此，在中国目前的婚恋市场里，女人可选择的婚嫁对象的素质是随着女人的年龄逐渐升高而快速跌落的，不论女人颜值、学历、教养如何，年龄是含金量最高的一条标准。中国男人嘛，就算到了七八十岁，迷恋的依然是二十出头的女孩子。

我老家是四线小城市，我有几个恋爱不顺的女同学，三十岁还没有结婚，别人都开始给她们介绍四十多岁的有婚史的男人了，她们只能选择给别人当后妈，或者独身。但是三十多岁没结婚的男同学们，还在不徐不疾地和二十多岁的女孩子玩着恋爱游戏。

三十多岁的年纪，在中国婚恋市场里正是男人吃香、女人贬值的时间段。这也难怪陷入了爱情长跑的男女们，对待婚姻各有一番态度了，女人不敢轻易松手，男人不愿轻易松口。沈腾在接受采访时的这番言论，也许可以代表很大一部分男同胞的心声。

“……都在说，你看人十二年跟你了，你得对人家负责啊。其实他们现在还不懂，这种责任负起来之后，可能以后是一个麻烦。”

其实我大概可以理解沈腾的意思，在这样强弱悬殊的关系之中，其实不仅弱者是受害者，强者本身也是受害者。因为双方关系的极其不对等，以至于不可能存在真正平等的交流，强者任何试图调整二者关系的努力，都可能会被弱者及其支持者看作一种不负责任的行为。这就好比陈世美如果在科举之前和秦香莲离婚，大家还可以理解他说的“感情不和谐”的理由，但是如果他是在中状元做大官之后再提出这个问题，尽管可能真的他们已经没有感情了，但是最终的结果，陈世美也是要被钉在耻辱柱上被人们唾弃为始乱终弃的小人的。

所以担心刘诗诗会在婚姻里吃亏，担心吴奇隆太抠门不愿意为刘诗诗花钱的群众，倒是多虑了，她在乎的根本不是这些。以刘诗诗今时今日的地位，她选择和吴奇隆走入婚姻，并不是为了给自己的未来找个什么保障。她难道还得靠吴奇隆才能过上物质条件优渥的生活吗？笑话！吴奇隆能给她的，她自己就给不起自己吗？

对一个偶像女演员来说，结婚并不是什么加分项，恐怕还是减分项。如果她真的是为了给自己的生活更好的保障，她大概不会选择吴奇隆。但是她明知道吴奇隆有着这样那样的劣势，她还是用浓得化不开的眼神紧紧黏着他，这不是真爱又是什么呢？我们为她的戒指、婚礼和聘礼所费多寡操碎了心，她本人却表示完全不介意。本来也是，她要的就只是那个人而已。如果有一天，他们之间真的没有爱了，她要那些身外之物又有什么意义呢？她又不是养不起自己。

强者无须一纸婚书来确认双方“保护与被保护”的关系，因为婚姻中的得失他们都承受得起，所以他们是平等的。同时相对地，弱者将自己幸福生活的可能全部都赌在强者是否愿意承担婚姻这一责任之上，结局却总是屡屡失望。

其实还有一条离婚的消息让我很是触动，那就是诗人余秀华终于离婚了。她离婚了，我特别为她高兴。很多人可能会问我余秀华是谁，她就是去年因为《穿过大半个中国去睡你》这首诗一炮而红的脑瘫农民女诗人。

余秀华1976年出生在湖北横店村，因出生时倒产、缺氧而造成脑瘫，使其行动不便，说起话来口齿不清。高中毕业后，余秀华赋闲在家，她尝试过出去打工，因为干活慢被排斥，不得已又回家务农，2009年，余秀华正式开始写诗。

脑瘫、农民这些标记贴在诗人这一身份之上，有很多猎奇的味道，也使得很多人因为她的身份而错过了那些仿佛是从她心口喷出来的诗行。

十九岁那年，父母开始张罗她的婚事。来自穷地方的、比她大十三岁的四川人尹世平“嫁”入她家，成为上门女婿。父母的初衷是觉得余秀华是不折不扣的弱者，给她找个丈夫生个孩子，以后他们先走一步，丈夫和孩子也能照顾她的生活。没想到，这个丈夫却是余秀华痛苦生活的根源。

在这场寻求强者保护的婚姻里，余秀华发现自己反而找不到安全感，丈夫不负责任，好吃懒做，喜欢喝酒，喝醉了还让她端茶倒水为他洗脚。刚生下孩子的时候余秀华就想离婚，但是母亲反对，怕她老无所依。成名了之后，离婚的念头更坚定了。因为在这个时候，她已经不是那个担心离婚后就无人照顾的残疾人，那个弱者了。“我真的不是说想结束一段婚姻而寻找新的感情。我就是想从心里把我这种恐惧感去掉。”余秀华说。

不客气地说，余秀华原来这场婚姻的本质，就是一桩赤裸裸的交易，一桩繁殖恋，一个十九岁的残疾人少女，用自己的青春和生育能力，换得下半辈子的安稳。我们很多人的婚姻外表看起来没有那么不堪，但是内里的本质是相似的。弱者以为交付出青春、肉体和生育能力，以及为家庭的付出，就能获得强者以婚姻为名的保障和安全感，然而这一切皆是虚妄。

很久以前，初代“杀马特”们喜欢用这段话做签名：“我一生渴望被人收藏好，妥善安放，细心保存。免我惊，免我苦，免我四下流离，免我无枝可依。”嗯，妥妥地物化自己的节奏。然后我顺便告诉他们一下这段话的下半句是：“但那人，我知，我一直知，他永不会来。”

弱者最基本的姿态就是哀求，无论是结婚，还是离婚，他们都没有主动权，只能等待强者的决定，这也意味着他们将自己的喜怒哀乐，全部系于强者一人之身。

成名之后余秀华最直观的感受，就是她有自己主宰自己命运的底气了。尹世平说，离婚可以，他在余家这二十年，相当于做了二十年长工。他张口索要一百万元长工费。余秀华怒了："婚姻里有什么长工费？你把这个长工费找出来我看看？"但是她无论如何都想离婚，她几乎把所有的稿费都给了丈夫，承诺给丈夫在村子里盖一栋楼房。

在这个迟到的春天，她终于可以将生活的重心专注于自己了。假若我们执着地认为，幸福就在于找对一个人，那么可能我们终生都找不到自己的答案。世上永远不会真的存在Mr. Right和Miss Right，你在现实生活中遇到的所有问题，不可能通过遇到这个人，和他结了婚，就全部解决掉，然后你就获得了憧憬已久的幸福。

婚姻从来不是保护弱者的城堡，你以为躲进去，就能一生幸福快乐，不是的，从来都不是这样。如果你拥有的一切，都是别人给你的，那么他想收回去的时候，你也无力反抗。而且就咱们现行的《婚姻法》来看，弱者在离婚时就更是弱势群体，基本权利都得不到保障。所以不要把自己未来生活的全部可能性都压在一个男人，或者一桩婚姻之上，争取做自己命运的强者，你才有可能遇到真正尊重你、欣赏你的强者，只有强强结合的婚姻，才是最有安全感，也最值得走入的城堡。

爱情的“狐狸精”是谁召唤的

文/丁雯静

在爱情的世界里，没有人喜欢“狐狸精”。

狐狸精是谁?

狐狸精是魅惑男人的小三，是让男人魂不守舍的外遇对象？是充满肉欲而无灵魂的外来者，是让家庭支离破碎的强力破坏者？甚至是，人人恨之入骨奋力丢掷石头的鄙妇?

也有人说，爱情中的“狐狸精”是人们想象出来的。世界上本来没有“狐狸精”，想的人多了，也就有了“狐狸精”。

伟志曾是我工作上的伙伴，他患了严重的“气管炎”（妻管严）。上班时间，每两小时要跟妻子汇报他的动向。手机二十四小时被妻子卫星定位，所有通信设备、社群网站都要给妻子一一检查。每次大伙出差，他还要开视频通话，让妻子看他住的房间，瞅瞅有无室友，连我们陪同出差的伙伴也要在镜头前和他的妻子打招呼。他总是对老婆甜言蜜语，微博上满满都是晒恩爱的帖文，高调到我们所有的人都觉得恶心。

像伟志老婆这种急急如律令的疯狂追踪，成天都在热线你和我，如此铜墙铁壁的夫妻关系，应该连狐狸精的一根毛，都飘不进他们建筑的城堡吧？我们只能用极为艳羡又赞叹的口吻，看着这对小夫妻。

然而，新婚才不到半年，我们竟然在微博上看到甚为惊悚的帖文，是由伟志的老婆发出："不要脸的狐狸精，竟然胆大包天来破坏我们的感情！"

所有的人都惊呆了，包括身为伟志上司的我。

"不是很恩爱吗？老婆已经撒下天罗地网，这位小三是何方神圣？她究竟是如何诞生的？"我劈头就问了伟志这些问题。

只见伟志满腹心酸地说："俗话说，严官出猴贼。就是我老婆这种查勤式的'问候'和'关心'，让我感觉快要窒息了！恋爱初期觉得甜蜜，渐渐地就变成负担，后来就变成应付了。"

长叹一声，原来狐狸精竟然是如此召唤出来的。原本是防堵"可能不忠"的关心，却偏偏"不忠的动机"就这样被唤醒。如果少一点猜疑，多一点信任，少一点严防死守，多一点愉悦互动，或许根本就没有狐狸精的存在了。

后来伟志离了婚，他也没有跟那位所谓的狐狸精结婚。伟志很清楚，因为妻子的猜忌而诞生的爱情，是不健康的。

狐狸精不仅存在于“防患于未然”的想象里，也同样存在于“曾经有过所以一定还会再有”的想象里。

我见过地表最强的狐狸精之一，是我的大学室友欣艾。

当初我非常不理解，明明有大把的追求者，她为什么偏偏要去喜欢李刚，他不仅有一个叫甜甜的女朋友，而且两个人已经谈婚论嫁了。

得知欣艾的存在，正牌女友甜甜要求进行三人对质的谈判。她要李刚当着她面，大肆羞辱欣艾，并要欣艾承诺彻底消失在他们两人的世界。

正宫声讨小三的戏码没能走惯常套路，是因为小三竟然不按角色设定演出。

得知李刚选择回到甜甜身边，欣艾既没有痛骂，也没有挽回，而是无条件地接受了这个结果。她让二位回去好好生活，好好面对他们自己的爱情，而不是在这里责怪声讨别人。

她甚至改变了谈判的形式，要求男人当着两个女人的面，说出他对她俩各自真实的感受。结果，男人逃走了。

面对如此狐狸精，正牌女友依然不能释怀，一定要得到一个“永远消失在我们的爱情里”的承诺方能罢休。

欣艾回答：愿意祝福，但无法成全。狐狸精是甜甜自己幻想出来的，甜甜应该自己去面对。而李刚和甜甜未来的幸福，不是由欣艾来决定的。

最终，尽管狐狸精已出局，甜甜和李刚也并没有修成正果。

狐狸精无处不在的想象摧毁了甜甜的自信心，让她无法专注于爱情本身，也无法好好经营与爱人的关系。否则，直面感情中的问题，与爱人好好应对，而不是将气力投入到一场伤人伤己的三方谈判中，或许，生活就有另一种结局。

其实，我们是无法消灭狐狸精的。

常常看到周边的人妻，看到先生眼睛一直盯着手机，就开始疑神疑鬼，觉得手机里一定藏有狐狸精，有的不惜成本聘请私家侦探追踪调查，有的趁先生睡着的时候，偷偷查阅先生的对话记录。有的抓不到证据，心里松了一口气；有的看到蛛丝马迹就开始大闹天宫，非要查个水落石出不可。

今年刚参加了家族长辈梅姨的六十年金婚。梅姨说，一甲子的岁月里，婚姻不可能都是一帆风顺。一路走来不乏风雨，唯一让婚姻支撑下来的是“爱与信任”。

姨丈是成功的企业家，他年轻时多金又风流，难免有许多狐狸精想要追随。

梅姨不曾大哭大闹，而是懂得给婚姻适度的回温。她懂得维护老公的颜面，懂得引导婚姻的走向，还会适时安排一场远行，让夫妻有机会重温曾经有过的美好。

姨丈私下常跟朋友说，如果没有一位如此有智慧的老婆，他的人生应该早在阴沟里翻船了。

我母亲总把梅姨视为典范。梅姨认为，爱情不能坐吃山空，不要以为结了婚就一劳永逸，想要永葆爱情的青春，就要不停地投入活力，让它年轻，让它强壮。

梅姨的经典名句是：“如果婚姻是一个人的身体，生病是必然的。有时营养不良，抵抗力变弱是必然的。世上有谁能强健到不生病？狐狸精是病毒，但并不是什么了不起的病毒，重点是你要有信心让身体恢复健康，病毒自然就起不了作用。”

我喜欢梅姨的“狐狸精是病毒”的论述，也极为欣赏欣艾说，狐狸精是女人自己幻想出来的。但，最愚蠢的女人莫过于自己将狐狸精给召唤出来。

归根究底，狐狸精究竟是存在还是不存在？答案很明显，当然存在，而且是无所不在，只是跟你有没有关系，如此而已。与其严防死守狐狸精，不如静心经营夫妻关系，提高免疫力，即使真有狐狸精这一病毒出现，也能不治而愈。

千万千万，不要去做那个召唤狐狸精的人。

保持尊严，恋爱不是犯贱

文/丛虫

当女人爱上一个男人，这场关于尊严的战争就已经打响。通常来说，谁爱得多一点，付出的也就要多一点，时间金钱之外，要付出的，还有我们的尊严。尊严跟健康一样 ，受到侵犯以前，你不会感受到它的存在，除非受到伤害，你才深知它的可贵，只是到那时，尊严已经不再完整如初。

说起来都是鸡毛蒜皮，他说你是个蠢货，你说他情商智商都太低；他说你的家人都是势利眼，你说他的家人都是吸血鬼；他说你是个二手女人有什么可骄傲的，你说他大男子主义简直连猪都不如；

他说你看的电影是垃圾，你说他玩游戏是人渣。在互相攻击中，你们的爱情遍体鳞伤，尊严在被羞辱的瞬间荡然无存，你们甚至扭打在一起，或者互抽了耳光，但和好后，你们发誓说那时也就是气疯了。

长篇累牍的情感问答中，此类事件随处可见，鸡毛狗血中包裹着一个坚硬的核，那是尊严。尊重是生命的基本需要，没有尊严的人生，不可能得到幸福。

在爱情里，你是个有尊严的人吗？是不是无限度的容忍，才表示真正地爱他？是不是为了所谓的爱情，你真的能把自己降到尘埃里，还要开出花来？问题是这尘埃里的花，还跟你理想中的那朵一样美一样香吗？

陷入爱河的人，开始迷恋此类“爱就是犯贱”的金句，然后如雷轰顶：可不是，我太贱了，可是不犯贱，哪儿能叫作爱情啊。真爱原来就是把自己贬值，真爱就是真贱。

女人们最爱读的书单里一定有《飘》，郝思嘉跟白瑞德的错过赢来多少扼腕叹息。郝思嘉这个幼稚冲动、蛮劲大于头脑的女人，为什么就要等到失去了才知道白船长是自己心中的最爱？结果一回头看到的只是对方的背影了。我们可以又爱又恨地批评她，不懂得男人，不会用手段，太直率，不会珍惜和欣赏……只是我们忽视了一点，白船长从来没尊重过她，一刻也没有。他永远以一种居高临下、把她一眼看穿的征服者的姿态来发言，挑逗她，讽刺她，撮弄她，打击她，他想占有她，驾驭她，掌握她，让她臣服于己。他认为那就是他的爱，是男人对女人所能付出的最大程度的爱。

他不是不知道这会让她高傲的自尊心一再受损，每次打击了她，他都觉得离胜利近了一步，但事实上恰恰相反。他得到的是一个美丽虚荣、为了物质享受跟他组成家庭的妻子，而不再是当年那个他为之倾倒的热情小野猫。他为此嫉妒得发狂，一次次恶毒地嘲笑她对初恋的虔诚，他越是想要，她就把自己的真情收得越紧。等她打算分他一点的时候，他已经不屑一顾。

他们是一对出色的男人和女人，他们甚至也不是不相爱，但是他们不肯向彼此低头，换回的数不清的伤害，日积月累，终于幻灭。

如果从心理学的角度来看，白船长是个内心严重缺乏安全感的男人，他被对方的生命力和不屈不挠吸引，一心要表现得比对方更强大更有力量，他渴望通过征服来获得成就感，这可能被他错认为爱情。事实上，真正的爱，是他为女儿所做的，宠她到无法无天，以无限耐心满足她的一切要求。这是父亲的付出，毫无条件。但对郝思嘉，他是爱人，因此诸多要求，一定要她完整地属于自己才行。可惜郝思嘉的想法跟他一样，因此白船长永远得不到郝思嘉，郝思嘉也永远得不到卫希理。

爱不是占有，不是欺压，爱是平等姿态的交流，爱是心甘情愿的付出，如果你永远把自己看得高出对方一等，那么，即使再爱，你也无法深入对方的灵魂。

将爱视为犯贱，心灵伤害带来的负面影响，会让你想要加倍讨还。如果我为你犯贱，那么你就得比我还贱，如果你意识不到这一点，那么我就要毫不留情地提醒你。

不见得要打你骂你才是暴力，成年人都被人伤过，也知道怎样去伤人。比如她兴冲冲地买件衣服，他看了一眼，眉头一皱："这颜色怎么那么难看？不是旧货吧？丑人多作怪。"比如他月入三千，她却每天收集奢侈品画报，强迫他跟她一起捧读，点评钻石腕表天价礼服，再嗤笑几声："只怕你下辈子才买得起吧。"

女人爱上男人，总是把他当成孩子来宠，男人爱上女人，则多半是想多跟她缠绵亲热，疯狂做爱。怨妇在每个时代都有，在眼下这个自由表达空前繁荣的时代，我们能看到形形色色的抱怨，综合起来就是：成了对方的提款机、小时工、性爱机器。这是吝于付出吗？不是，而是付出得不到认可，对方心安理得还百般挑剔，自尊心大大受损。

为什么我为他做了这么多，他却无动于衷，从来不为我着想？

为什么我做多反而错多，在她眼中成了浑身缺点的庸人？

为什么我的生活在他/她眼中一文不值？他/她自己也并不是什么完美的人啊！

有些人以伤害别人的尊严为乐事，他们觉得不如此不能反衬出自己的高大，即使是身边的人他们也不放过。打击情侣的自尊和自信，让她对自己产生怀疑和否定，他就占据了优势地位，可以更好地控制对方。

还有些人自私成性，不断向别人明确自己的原则和底线，但对别人的心态毫无感觉，他们最常做的事是谈笑之中就伤了人，自己还要怪别人太小肚鸡肠，等自己被别人侵犯，他们一定咆哮得比谁都凶。

是啊，大家都说爱情嘛，就是犯贱的过程，不是为了爱，何必这么低声下气看人眉梢眼角讨人欢喜？更何况，讨到的并不见得是欢喜。请问：没有尊严的爱，你要吗？

越来越多的人会大声回答：不。如果爱情需要拿尊严来换，不如保存完整的自我，一个人活得快乐洒脱。而很多人则是在矛盾中煎熬：我现在过得并不快乐，但是，也没有到了要决裂的地步，尊严，真的有那么重要吗？

有一个简单的参照物就是你的父母辈，请观察这些相处数十年的夫妻如何对待对方，他们是轻言细语、有商有量，还是充满了蔑视、漠视、不耐烦和怨恨。如果是后者，请问问自己，你是否愿意在这样的环境中，度过自己的下半生？

建立尊重的基础是宽容和信任，然而这样的态度必须来自伴侣之间的互动，为什么说“我爱你与你无关”这样的话太荒唐，因为爱需要回应和交流，没有呼应的爱，一厢情愿，那只是一个人的自恋而已。仅靠一个人的自恋，无法支撑两个人的关系。

尊重他人，自己要有足够健康的人格。然而很多人的问题在于“我没有被好好爱过，所以我当然不懂得好好爱人”“我没有被好好爱过，所以作为爱人，你必须要把父母欠我的那份也加倍还给我”，天生自带感情黑洞的人，他们不懂得尊重和爱，他们更喜欢用任性和不断试探底线去求证，去确定对方的爱。并且，有多少爱，都是不够的，他们永远向往着比现实更高、更好，更结实也更完整，甚至根本不存在的爱。

为什么到现在，《简·爱》这样的作品还在发光，震撼心灵？因为那个矮小低微、贫穷不美的女教师对她的雇主说：“我们的灵魂是平等的。”她捍卫尊严的方式或许过于文艺，但这确实就是尊重和互相尊重的基础。这也正是爱情的迷人之处，无论贫富、地位高低，你要去爱另一个人，那么，你与对方是平等的。一个灵魂与另一个灵魂赤裸相见，没有足够的尊重，你就无法真正领略到爱之真谛，更无法达到每个人都在期望的幸福。

“A4腰”是女人自己开心，关取悦男人啥事

文/侯虹斌

一夜之间，“A4腰”又风靡微博。

咦，我为什么要说“又”呢？因为此前已热过一轮“反手摸肚脐”“锁骨放硬币”等同类玩法了，此次只是同类游戏的又一次病毒式传播。

所谓“A4腰”是指比A4纸还要窄的小蛮腰，即腰的宽度小于21厘米。话题如此之热，连女明星袁珊珊、戚薇、熊黛林等，以及个别健身有成的男明星（张哲瀚），都纷纷晒出自己的A4腰，一时间网上就被网友晒出来的各种“小蛮腰”，还有“横过来量的A4腰”刷屏了。

不过，也有文章“指控”，认为大家被“以瘦为美”的观念绑架了，认为这样一来，大家对美有了一种病态的追求，用破坏自身健康的手段来达到这种追求，而且到处都充斥着“减肥！减肥！减肥！”的声音，这不是一件好事。

更进一步地，批评者认为这是用“晒照”的方式区别胖子与瘦子，给了胖子很大的心理压力。这些晒出自己“A4腰”的人（基本上为女性），她们还不能彻底摆脱“性别歧视”的阴影，“取悦别人”的角色定位依然存在。

看到这里我就忍不住了。您想太多了吧？我不仅不认为这是病态，相反，这表明了大家对健康和美的追求；不仅不觉得那些身材很棒的姑娘有“自我性别歧视”的阴影，相反，我觉得她们是愿意为美付出努力、既美好又自信的一群人。至于说伤害了“胖子”的心，不应该呀，看到别人美美的，可以欣赏姑娘们漂亮的容貌和美好的身材，应该很赏心悦目才对啊。就算是女性，虽不能至，心向往之。如果你因为看到别人身材好，就会心灵受伤的话，那你的当务之急是去看心理医生。

首先要明白的是，那种“楚王好细腰，宫中多饿死”的封建时代的陈词滥调早已不适用于今天了。能晒出来的A4腰，十个有九个一看就是经常上健身房锻炼出来的，不是单纯瘦就能瘦出来的。况且，腰臀比是腰围和臀围的比值，是判定中心性肥胖的重要指标，也是评价女性吸引力的重要尺度。比值越小，说明越健康，相对而言，腰也会更细。不管是从健康来说，还是从美来说，细腰都是相当理想的体形，值得追求。

而且，你以为现在的女性是为了男人打扮的？“女为悦己者容”也是陈年旧账了。女性是为了自己的健康和美去锻炼、打扮的。事实上，直男们有多少是有审美的？他们能弄清口红的正红、橘红、粉红、大红、浅红、姨妈红等几百个色号和滋润度的区别吗？能分得清衣服上什么是羊蹄袖、什么是泡泡袖、什么是荷叶边、什么是波浪边吗？但女人不管男人看不看得懂，还是会狠狠地打扮自己，因为她们是为了自己开心。

要知道，健身本身既是乐趣，也很辛苦；出了成果，练出了马甲线和腹肌，更是要好好在朋友圈炫耀一下，有了大家的点赞和鼓励，才有更大的勇气坚持下去，才能进行更艰苦的训练。我下载了体能训练的APP（软件），锻炼完成后传到交流社区，很多人会给我点赞；我也常给别人点赞，观摩别人的健身经验，由衷地欣赏别人的健美。这是现代社会非常美好的交流和体验。

当然，凡事必有度。穿高跟鞋很美，但穿20厘米的驴蹄就得不偿失了；苗条和细腰很好，但扭曲成18、19世纪时欧洲用鲸骨勒到五脏变形的裙架，那就是嫌自己活得长了。要知道，那时的欧洲对细腰的追逐已达到了变态的地步（据考证，腰的宽度大概是竖的A4纸的对折），正如裹脚是东方中国的变态审美一样。

不论是变态的束腰还是缠脚，都是东西方不同文明的贵族或中层阶级，用以显示自己既不用工作，也无法运动，是由男人供养起来的奢侈品。这是他们用女人的身体，来作为阶层区分的标志；越无用，越高贵。

不过，这些都是历史了。今天，身体可是女人自己的，显示的是自己的意志。这表明，我有足够的闲暇和钱花在健身上，我的意志力很强，我能享受自我，享受生活。

有好的分寸，才有好的感情

文/周珣

有分寸地爱一个人，是我们一生中必须修习的课程。两性之爱、亲子之爱、朋友之爱，莫不如是。很多由爱而生的悲剧，下场凄凉，收梢惨淡，不是因为爱错了对象，爱错了时间，而是因为爱着爱着就昏了头脑，失了分寸。像一部制动失灵的车，飞驰起来只顾着“嗨”了，完全不计前路可能存在的坑洼、高墙和岔道，在极速中眩晕，不知道会撞向何方，也不知道会不会车毁人亡。

作家六六在微博上晒一个网友的抱怨，说婆婆在自己家“越距”，让自己极不舒服。翻东找西，查账问开销，说三道四。这个网友的应对和六六出的主意就不在此赘述了，有兴趣的自己去搜。值得留意的，恰恰是“越距”给人带来的“极不舒服”的感觉。

这个不能越过的距离，就是分寸。

美国人类学家爱德华·霍尔博士研究过人和人的相处距离。从大于三百六十厘米的公共距离、四十五到一百二十厘米间的个体距离到四十五厘米以内的亲密距离，有非常详尽的划分。和一个人可以在多少厘米之内相处而不至于紧张、警惕、浑身不自在，是有科学实证的数字的。当不是那种关系却超过了那种距离时，多数人会产生不适感。

分寸是距离。

贴身紧逼的爱和关怀，会带来压迫感，让人喘不过气来。

有的人分寸感很差，比如这位婆婆。她完全没有意识到儿子和儿媳的家，不是她自己的家，以女主人的姿态全面介入儿子和儿媳的生活，几乎是一切传统婆媳关系陷入缠斗的死结。她无疑是爱儿子的，只是这种没有距离、忘乎所以的爱的表达，常常是两代人之间冷漠、隔膜甚至敌对的关键因素。

我年轻时有个一度交往密切的女友，她的前男友恰好也在相熟的朋友圈里。在我和她最初走近时，她的前男友对我说了一句莫名其妙的话：“你就跟她好吧，好着好着就知道了。”果然，在我们越来越熟悉和亲密时，我发现我们进入了一种出双入对的状态。如果我没有和她在一起，就必须随时向她汇报我的行踪，我在哪里，和谁吃饭，几点到家，我所有的交往都要跟她报备，事无巨细。她让我想起小时候那个老鹰捉小鸡的游戏，她拼命张开的羽翼成为遮挡我天空的阴影。她待我很好，我还是很没良心地，甚至都不太委婉地、刻意坚决地疏远了她。

贴身紧逼的爱，即使是友爱，当它在一个人的私人空间里铺天盖地、无孔不入地渗透、覆盖、包围、吞噬时，都会形成一种不愉快的逼迫，让人本能地想要逃离。

分寸是知进退。

往小了说，有分寸感是所谓的“话头醒尾”，点到即止，心中有数。一个成年姑娘，在你约会她时，跟你说她有功课要做，她妈妈不允许她晚饭后出门，她有闺密要一起看这场电影，这叫作婉拒，就别再往前冲了，非要人说出“不，我不喜欢和你出去”吗？同理，男人跟你说三次以上他忙，你理解为他有比你更重要的人要陪，你在所有能占用他时间的人和事中排序靠后，你对他已经构成打扰，应该是八九不离十的。那么，有没有可能他真的是忙呢？有的。只是，如果你对他足够要紧，他会很耐心地告诉你他因为什么这会儿不能脱身，而不是大而化之地敷衍说“忙”。并且，他会在能腾出空来的第一时间联络你。如果没有这些后续，趁早知难而退、鸣金收兵吧。

往大了说，有分寸、知行止是对对方的尊重。一段相处中，并不是你的心愿、你的感受、你当时当刻的渴望，就等同是对方的。你想说话时，他未必想说，你想见面时，他未必想见。

西蒙娜·德·波伏娃曾经写下这样的语句：我渴望能见你一面，但请你记得，我不会开口要求见你。这不是因为骄傲，你知道我在你面前毫无骄傲可言。而是因为，唯有你也想见我的时候，我们的见面才有意义。

这段话示范了什么叫尊重。良好的分寸感，进退有据，不卑不亢，知所行止，这一切的前提是脑子清楚、不失去判断力。说实在的，这个前提才是在爱这种比较极端的情绪里最难把握和保有的。所以我们会看到很多所谓的爱，因为一方的没有分寸，把双方都逼到墙脚，吃相难看。

分寸是度，是自爱。

爱作为一种能量，需要有交互、有转换、有平衡。千万别把所有能量都一股脑地聚集、倾泻在对方身上。

记得留一些给自己。自爱永远是最可靠的依赖，是疲累时最柔软的那张椅垫。

有人说，爱难道不应该是奋不顾身的吗？

答案是，真的不应该。极端情形下，死生之际，炼狱考验。如果你真能不假思索地以身相“代”，或者飞蛾扑火愿意共赴大难，恭喜你，那的确是真爱。除此之外，在一般普通人的正常生活中，过于奋不顾身的爱，带来的往往是灾难性的后果。

随便在一家咖啡馆小坐，都能听到隔壁有人语气哀怨地诉说：我就是对他太好了。之后是吧啦吧啦吧啦吧啦，历数自己如何对方如何，总之，自己一直在付出，而终于被辜负。

对一个人太好，不断给予，一心取悦于人，不由自主地满足对方所有的要求。这种完全没有分寸感的相处方式，不是爱，是病，得治。

这种被心理学称为“取悦症”的病理状态，是一种人格紊乱，只考虑他人而忽略自我，根源在于你太渴望被人需要，你的极端无私是一种用来掩盖一系列心理和情感问题的性格特征。你所有的付出，不是因为你爱，是因为你怕。你对人际关系缺乏安全感，你奋不顾身地付出背后，是根深蒂固的恐惧、痛苦、孤立、畏怯、愤怒和焦虑。

很不幸，隐藏在背后的这些情绪往往最终主导了一段亲密关系的走向。因为，只要是真正的亲密关系，一定可以透过表面直抵内心。那是瞒不过的。

另一方面，有没有听过“斗米恩，升米仇”的老话？当你把对他好当成了习惯，任他予取予求，他会把你为他所做的一切都当成理所当然、天经地义，你简直就是欠了他的。一旦你不能满足他越来越多的要求，心生罅隙几乎是很难避免的。你一手调高了对方的期望值，养成了他无止境的索求，制造了他对你不满的因由，又有什么好抱怨的？

分寸还是制衡。

到目前为止，我见过的人前最恩爱的夫妻、恋人，当众喂饭的，连上厕所都要男人手牵着手送去再手牵着手接回来的，用一个杯子嘴对嘴喝啤酒之后直接腻上身的，都告仳离。相反，恨不得从结婚就互有小不满、小抱怨的，倒很多都过了一二十年太平日子。

我的意思不是人前恩爱秀不得，而是任何一方的分寸感公然丧失，不论是公主病还是大男子主义，呼来喝去、颐指气使，一时之间没问题，长了会累积出后果。倒是彼此知道对方有小不满，不轻易挑战对方的底线，心中有分寸，行动有克制，互有忌惮和包容，反而能够长久相处下来。

好的分寸，不是士兵等公主九十九天，然后在公主动情的第一百天掉头而去；好的分寸，不是一方狂追不舍感动至另一方冰融雪化；好的分寸，是双方各自往前走五十步时，发现居然在长路的中央相遇；好的分寸，是恰恰好，不多也不少，不早也不迟。在张爱玲那里，它是被这样表述的：

于千万人之中遇见你要遇见的人。于千万年之中，时间无涯的荒野里，没有早一步，也没有晚一步，刚巧赶上了，那也没有别的话可说，唯有轻轻地问一声：“哦，你也在这里吗？”

你也在这里吗？淡淡的一问里，有深深的庆幸。

好的分寸感来自直觉，更来自教养。通常，一个人所受的教育和他的阅历，奠定了他的分寸感。

有好的分寸，才有好的感情，好的相处。当然，最好最好的感情，是不用有分寸这根弦的。你什么时候想他就找他，他都愿意都想你。比如我四岁的小儿子，我什么时候想抱他，他都是满腔欢欣地迎上来的。

只不过最好最好的，往往不是人人能拥有的。而且，最好最好的，也常常是阶段性的。过去了就不再有，不可以挥霍无度。或者，挥霍了也好，反正也省不下来。就像挣了的钱、攒着的钱，都不是真正属于你的钱，只有花了的钱，才确凿无疑地归了你一样。

挥霍就挥霍吧。分寸是一世修行，任性的机会却不常有。

中年黄蓉的婚内寂寞

文/闫红

一·

吾友思呈君有个高论，一个女人的精神面貌映射着她的婚姻状况，若她婚后变得生动有趣，可以证明其婚姻质量很高。要是这个理论可以成立，那么，黄蓉与郭靖的婚姻，也许并不像金庸大师陈述的那么完美。

众所周知，婚后的黄蓉就像中了贾宝玉的诅咒：“未出嫁的女儿是颗珍珠，一旦嫁了汉子，就变成死鱼眼珠子了。”

古灵精怪的小女子，突然就变成乏味世故的中年妇女，除了和丈夫联手守城这大方向不错，细节处乏善可陈，无聊到去找杨过小朋友的麻烦，保守的审美，局限了她的理解力，窃以为，这种从“珍珠”到“死鱼眼珠子”的变化，正是黄蓉为她的婚姻付出的代价。

她和郭靖的差别，在最初定情时就可以看出来。

为了哄洪七公教郭靖武艺，她使出浑身解数，整出一套“舌尖上的中国文学”。五种肉条拼出“玉笛谁家听落梅”，荷叶笋尖樱桃鹌鹑煮成“好逑汤”，竹笋与咸梅凑成一道“岁寒三友”，再加个鸡汤，就是“松鹤延年”。

老叫花子洪七公极赞黄蓉的“稀奇古怪”，喜得直说“你这稀奇古怪的女娃娃，也不知是哪个稀奇古怪的老子生出来的”，还遗憾自己“年轻时怎没撞见这么好本事的姑娘”，算得黄蓉的半个知音。

“知音如不赏，归卧故山丘”，黄蓉烹制美食，虽有其功利性的目的，但在那过程中，她曾费尽心思，力求完美，当这所有的巧心思，都被对方悉数领会，黄蓉当会在功利的目的之外，有属于她个人的欣喜。

可惜这样的欣喜，不是她爱的人给予的。郭靖对于菜好菜坏，“不怎么分辨得出”，洪七公都摇头叹息：“牛嚼牡丹，可惜，可惜。”

把这一幕推想开来，郭靖不懂的何止是黄蓉的厨艺。

二·

作为黄老邪的女儿，黄蓉多才多艺，更重要的是，她不但掌握了这些技艺，还深爱这些技艺，否则就不会煞费苦心地制作那些风雅菜名，那些，并不属于讨好洪七公的那部分。而对这些，郭靖统统不会懂，连带着对她的七窍玲珑心，都不能懂上分毫，“牛嚼牡丹”的场景必然一再发生，久而久之，必然会有那种叫作寂寞的东西产生。

那种寂寞不是没有人陪伴，而是，有个人近在眼前，他却完全没能力没愿望去懂你，现代人称之为“婚内寂寞”。

可以想象，那样热爱美食文学及各种风雅事物的黄蓉，当她经历过热恋的激情，步入平稳的婚姻，与完全不在一个频道的郭靖朝夕共处时，她很难不遇到这种“婚内寂寞”。

在情感论坛上，我们可以看到很多女人抱怨这种“婚内寂寞”，痛诉各种狗血过招。情商高如黄蓉者，当然不会出此下策，假如她不想放弃这千辛万苦得来的婚姻，她对郭靖的爱还在，她就只能放弃曾经的那个自己，去关心他所关心的事。

即便自己原本是朵奇花，也要作为树的形象和他站在一起，和他一起守城，和他一起凛然大义，当她收起自己的小情调，得到了丈夫的心，还解除了自己的“婚内寂寞”，变成这样一个黄蓉，就不足为奇了。

奇怪的只是，聪明过人出身优越的人，为什么要选择这样一种生活？固然是因为爱情的魔力，但她又为什么会不假思索地爱上郭靖这样的男子？

不能否认，这里面有金庸大师的主观愿望，但读者丝毫不感到异样，还是因为，这种组合背后有它的内在逻辑，在现实中屡见不鲜。

三·

相对于黄蓉的另外一个追求者欧阳克，郭靖的条件不算好。从俗里说，欧阳克出身名门，他名义上的叔叔实际上的生父欧阳锋和黄老邪既是对手也是世交，他本人生得也还好；从雅里说，欧阳克品位不算差，亦颇懂风雅，虽然邪恶了点，但黄蓉本人也不是慈悲为怀的人，初相见时郭靖都感叹她手段毒辣，倒不见得就计较欧阳克的道德缺陷。

可以想象，若不是黄蓉从一开始就屏蔽了欧阳克，黄蓉和他的共同语言应该多过和郭靖的。

但黄蓉偏偏就看上郭靖看不上欧阳克，这不是先来后到的问题，当黄蓉和父亲闹翻，委屈地离开桃花岛，她注定只会选择郭靖这样的人。

因为和老顽童周伯通聊天，黄蓉被她父亲骂了一顿，负气出走。都说了黄蓉情商非常高，按理不该有这种无知少女式的举动，她如此激愤，应当是黄老邪的翻脸，激起了她内心深处对父亲的不信任。

书中是经常表现他二人父女情深，但我们不要忘了，这俩人都是聪明绝顶之人，太聪明的人，常常会显得凉薄。原因有二，一是聪明人自我强大，若不是确有所感，他们不大会被那些“应该的”规矩道理束缚，去演什么情深义重，这是他们的真；二是他们不像世俗中人那样依赖人际关系，而很多情意却是在人际交往中摩擦出来的，太聪明的人，过于特立独行，就少了那么点黏着性。

两个聪明人在一起是一场灾难。黄蓉父女，不大可能像普通父女那样彼此深信。聪明人想得多，即便父亲对她非常疼爱，她仍然会怀疑自己得到的不是一份无条件的爱。正是这样一种缺失感，让她离家之后索性扮作小乞丐，而她内心，确实感到了相似的凄凉。

这是一种赌气式的撒娇，对父亲，也是对生活。但这也正好促成了她的心愿，正是借助乞丐的扮相，她得到了一份无条件的爱。

四·

与黄老邪正相反，郭靖不聪明，不风雅，也没那么特立独行，他因此无形中特别依赖人际关系，也因此，他经常不由自主地表达对他人的善意，并像雷锋一样，在这种表达中得到快乐。

他爱上黄蓉而不是华筝，后者不懂得示弱，不会像前者那样，给他表达善意的机会——这点上女人们真应该向黄蓉学学，她太明白怎样让她的男人感觉良好。

初次见面，黄蓉像个饭托一样，点了一大桌子美味佳肴，点了也不吃，换个地方又点，要是黄老邪式的男人早烦了，换别人没准都要报警了。郭靖却懵懂不觉，只是觉得和她聊天比和华筝聊天愉快。宝马貂裘，但凡她需要，他都慷慨给予，即使她扮作一个脸上抹满了煤灰的乞丐弃儿，他对她都是那样好。

他们在一起，她永远不会对他起像对自己父亲的那种疑惑，即便有时也难免有误解，她心中是笃定的，她不需要去猜他的心，当然，她也不用担心他去猜自己的心，当她以小女人的姿态依偎在他身边，她清楚，一切其实都在自己的掌控之中。

五·

相对于这种笃定，“婚内寂寞”算什么呢？纪录片《舌尖上的中国》里，那个女人本来对人生有太多梦想与规划，都轻易放弃了。她轻描淡写地说，女人嘛，不就是找个好男人过个安稳日子嘛。她说的没错，但我还是在心中为那个有梦想的少女默哀了一秒钟。她是黄蓉的家常现代版。

在这风险多多的世间，每个人都要为自己内心的不安付出代价，若你寻求绝对的安全，那么世界上的男子就会只剩下两种，不解风情的郭靖，和不靠谱的欧阳克。

魅力与风险画上等号，懵懂则意味着天长地久，牛郎织女的故事在世间流行，当人们用祝福的目光看着七仙女和董永夫妻双双把家还，疑似欧阳克的男子则被永久性屏蔽。

七仙女会有寂寞的时刻吗？若织女的世界与牛郎的不能高度重合，爱情能否填补之间的全部空隙？黄蓉没准比仙女的心灵更丰富，懂的更多。可是，假如不能解决内心的不安，懂得再多又怎样？她的聪明，并不能改善她的生活。

到什么时候，女人们的选择，从“对我好”，变成“他很好”，除了寻求安稳，还要以互放的光芒，将生命照亮？到那种时候，婚姻中的磨损才能转化为滋养，女人也许才能真正地解除“婚内寂寞”，成长为保持着珍珠光泽的妇人，而不是宝玉嘴里的“死鱼眼珠子”。

爱，就是一起做好多好多顿饭

文/严小沐

苏先生的妈妈寄来了腊货，十只鸡腿，十只鸭腿，十只鹅腿，用的全是浙南最地道的做法，酱油腌渍风干，锅里一煮满屋子飘香。

厨房里嘟嘟冒着泡，窗外飘着雪，北方的室内暖气充足，草木袭人，这样的生活简直容易让人缴械。傻吃傻喝，不思进取，我们成了沙发里的土豆。

在那之前，我和苏先生并非吃货，甚至在各自的单身时代随意果腹多年，工作繁忙，特别江湖儿女的生活方式。可一朝迈入家庭生活，两人便不约而同爱上这种单调又有秩序的节奏，觉得既可爱又有仪式感。

记得第一次跟苏先生见面，我们约在三环的一家电影院，事情并没有想象的顺利。和他认识缘于我们共同的好友H君，H君将我们彼此夸得已无人样，令人害臊。当时的我们都处在被迫相亲的倦怠期，但又不忍拒绝H君的好意，提刀跨马便去赴约，心想不过聊胜于无。

一见面，我便感觉不合拍。

苏先生穿着一件宅男必备的格子衫，背着宇宙中心五道口最流行的双肩包，原来学术男和技术男的扮相如此一致呢。他站在那里等我，说了几句脸便红了，声音秀气文弱。不仅如此，在等我的时候，慌乱中他还把买给我的饮料给错喝了。

这呆子。

可接下来的一餐饭又让我改变了主意，谁叫食人嘴短呢。电影结束，苏先生推荐了附近的一家湖北菜。大概知道我是湖北人，桌上点了一堆久违的家乡菜：排骨莲藕、土鸡汤、糍粑鱼、红菜薹、热干面、面窝……没想到这呆子还挺体贴。仔细一聊，竟能在一些冷僻的话题里找到共同语言，真是意外的收获。“直男的穿衣打扮总有办法拯救。能吃到一起，聊到一起，不是更重要吗？”作为刚入会的外貌协会成员，我在五脏六腑间进行了自我批评。

就这样，一桌人间烟火，我和苏先生走到了一起。

人生如海，遇到一个恰到好处的人，难免觉得感动。当我们既不凑合，也不渴求被拯救时，幸福竟然悄悄降临了。

他一点都不耀眼，扔在人堆里可能就找不到了。再加上多年异国求学，身上自带某种奇怪的钝感力，使他做起事来不慌不忙，仿佛总慢下半拍。可那却是一束温暖的光，刚好就是我想要的。

两个人的生活大概从一起做饭开始。

租房时代做起饭来自然各种不方便，隔壁是位有大把闲暇、热爱烹饪的东北姑娘。一个人的食材基本把整个冰箱塞得满满当当，我们常在缝隙里塞几颗鸡蛋，半只鸡鸭。偶尔在忙碌的工作日回家煮一碗西红柿鸡蛋面，或者周末煲一锅黄豆猪蹄汤。

租的房子厨房不大，设备也不齐全，苏先生很少进来。我和东北姑娘在厨房里聊着天，听着锅子里的汤发出嘟嘟嘟的声响。这时候姑娘养的猫懒洋洋地进来了，冬天的阳光打在一把翠绿的竹子上，全是人间烟火。一种熟悉的感动从四周涌过来。

没过多久，苏先生强烈表示要用房子给北漂生活做一个小结。于是我们东奔西跑，感受着帝都惊人的房价，最后只好在遥远的北五环挑了一处二手房。所幸房子干净整洁，从阳台上望出去正好可以看见近处的人家，远处的山岚。出行也方便，离我们不远的地方就有一个小的菜市场，瓜果菜蔬，鱼虾肉蟹，一应俱全。卖菜的阿姨在结账后，总是扯一把小葱或香菜送给我：“姑娘，做完汤后撒一把，香得很。”

搬完家的第一件事就是把锅碗瓢盆一律换新，冰箱即使要不成双开门的也要尽可能挑个容量大的，去宜家买回瓶瓶罐罐分装油盐酱醋，连用处不同的洗菜盆都有五个。真是铆足劲为新生活呐喊助威。

我们都爱吃鱼，又都喜虾，还无辣不欢。在吃的方面，真是一拍即合。

若是鲫鱼那就做汤，再买白嫩的萝卜一只，做片切丝，丝丝缕缕在碗中晕开，真是好看。鲫鱼处理完杂物，两边各轻划一刀，入锅油煎，料酒去腥，待两面金黄，加入温水没过，大火煮沸，萝卜丝入汤。数十分钟，加盐起锅，一把翠绿的小葱点缀，一气呵成。汤奶白又鲜美。

虾，我们最爱的是红烧。挑新鲜肥美的来上一斤，水龙头一开。我拍蒜切姜剥葱，他围裙上身，开始细心地挑虾线，去虾须。一只一只，也不嫌烦。鱼虾蟹这类娇贵费事的食材交给他正合适。他戴上手套，起了架势，像平日写论文一样，严阵以待，不急不缓的妥帖感。

在那些时刻，厨房时间是凝固的，静止的，具有强烈审美意义的。

前几天，我爸托老家的亲戚熏制了几只腊猪腿寄来，那可是上等好物。我用高压锅顿了小半只，出门买菜去，走在路上突然想起一些挫败的事，情绪一落千丈……当拎着菜打开门的一刹那，满屋子酽香跑过来抱住我。苏先生在里屋唤：“快来尝尝，真香！”那一刻，情绪瞬间明亮，真是慰藉。果然爱与美食，不可辜负。

苏先生不是浪漫的人。他讲究一粥一饭，低调实在，对待生活有理科生特有的秩序感，而我不免天马行空。所幸我们都承认，爱情是疲惫生活的英雄梦想。

冬天快过去的时候，苏先生胖了五六斤，我也胖了三四斤。这大概也是爱的代价。爱是人间烟火，是细水长流，也是腰腹的赘肉。

那些没有得到的爱情，要学着从心上拂下去

文/骆瑞生

张爱玲说：没有一个女人是因为她的灵魂美丽而被爱的。这句话用在程灵素身上再合适不过了。程灵素的确长得不好看，身材瘦小，面黄肌瘦，像是一个发育不良的少女，虽然眼睛很明亮，特别有神，但是依然不足以弥补外貌和身材的缺陷。所以纵然她是“毒手药王”的弟子，纵然她用毒解毒天下第一，纵然她的聪明才智在《飞狐外传》里无人可及，纵然她蕙心兰质，心灵手巧，一心一意，但是终究是波涛下的深水，自古以来人们都只看得到表面那层惊涛骇浪，看不到那深达千尺万尺的深水。

虽然胡斐一直在说美貌只是皮囊而已，不重要，但心心念念的却是那个娇美如花、双眉修长的袁紫衣，虽然他能尽心尽力地照顾程灵素，也肯为了救程灵素而不顾性命，但是他的心何尝有半分分与程灵素？

记得我看胡斐要和程灵素结拜为兄妹时笑了很久，情不自禁地说：外貌果然决定了一切。我为什么会笑呢？就是因为胡斐和程灵素结拜兄妹之早、之迅速，在金庸小说里特别罕见。我们都知道，金庸小说的男主角要是解决不了某段感情，就会与那个女孩子结为兄妹。像是杨过和程英、陆无双，像是郭靖和华筝，像是袁承志和阿九。但是他们结为兄妹之前，都有很长的一段情感纠葛，两个人你来我往了许久，终于你有情我有意，但是最后来了一个更重要的女主角，那么就只好和你结为兄妹了。

可是胡斐和程灵素却没有这些情感纠葛，也没有你来我往，他一开始就把他和程灵素的关系定义了，那就是兄妹，再也不可能是其他了。胡斐那么聪明的人，救了苗人凤后，当程灵素和他吞吞吐吐地要说那些话时，他就一下子全明白了，于是抢先说，那我们结为兄妹吧，于是程灵素那颗心就扑通一下掉了下去。别的人都是先一起飘荡了江湖再结为兄妹的，而胡斐和程灵素是结为了兄妹再去飘荡江湖的。

因为一开始，胡斐就没有想过会和程灵素有什么，明白以后也不会怎么样，但是为了防止程灵素对他感情加重，所以不得不断了后

路，结为了兄妹。他就是连和程灵素打情骂俏的兴致也是没有的，杨过虽然不爱程英、陆无双，但还是会和她们打打闹闹，一来是杨过的性格如此，二来程英和陆无双的确长得美丽。若说胡斐性格太呆滞，和女人打闹不起来，那看看胡斐和袁紫衣比赛的事情就知道了，胡斐并不是这样的人，对喜欢的人，他也是很活泼的。

不难想象程灵素的心情是多么难受，胡斐明确跟她说了不行，但是她却无法控制，反而越来越爱胡斐。现实里会有很多女孩子在程灵素身上找到共通感，程灵素的遭遇太让她们感同身受了，她们充满委屈却依然不离不弃。我身边有这样的女孩子，从高中喜欢一个男生，告白过没结果，以为转眼忘了，结果这姑娘一门心思跟在男生身边，

报考了同样的大学，留在了同一座城市工作。老同学都知道他们两个的事，便有意撮合，但缘分不能强求，男生最后还是找到了自己心仪的姑娘。那年同学会男生没来参加，说是去女方家拜见岳丈，我们一班人生生不敢提这个男生，但在聚餐时姑娘还是情绪失控了。

倪匡说程灵素是金庸小说里伤情女子的榜首，我想再也没有一个人比程灵素伤情了。作为一个男人，我会觉得如果有姑娘这么死心塌地爱着是件耀眼的事，但这窃喜也只是一瞬间，冷静下来后依然觉得如此深情承载不起。所以，我想对程灵素这样的女孩们说一句，你吊着的那棵树如果不招呼你，就赶紧下来，切记不要打死扣。我们已经不是走江湖的时代了，一个男人身边始终跟着死心眼的程灵素而假装不知道，请问他置你于何地？只因他是你心中的大英雄？

如果得不到的爱情是一根刺，那么最好的办法就是远离，不让它刺到，或者不让它一直刺到，仅在某个时候某个地方某个人前被刺一下，那么别的时间都可以养伤。可是执拗如程姑娘，连养伤的时间都不给自己，她一直在那根刺下遍体鳞伤。她当然可以离开，远走天涯，在另一个地方生活下来，她那么聪明，在任何地方都会过得好的。

程灵素能赢得胡斐的珍惜和敬重，能让红花会那么多大英雄大豪杰敬重她，师门败类也被她铲除，在江湖上，只要她愿意，她就可以让程灵素这个名字传扬天下。如果她可以不爱胡斐，一定会有一个也是英雄豪杰的人来爱她，来疼她，她也能收获一份美好的爱情。

也许程灵素之所以留在胡斐身边，是因为这姑娘内心太过强大，她可以深爱着胡斐，她会为了胡斐不要性命，她可以接受这个心上人以义兄的身份带着义嫂常绕眼前，她觉得自己在没有得到的爱情前依然不卑不亢。可是除了这样的骄傲和强大，这姑娘好像忘记了什么，幸好观众还记得，所以我们心疼她，更爱她，甚至比爱袁紫衣还多。也许这正是金庸笔下这个人物独到的魅力，可是，你我之所以赞叹正是因为我们不是活在那个肝胆两相照、此情永不渝的武侠年代。

很多人为程灵素赞叹，是因为在她不够美貌的外表下，有更为动人的灵魂，美好到让人唏嘘。可是仔细想想，所谓灵魂的美好，要怎样才能证明出来？是需要你无论历经多少失望和辜负，都依然甘之如饴、心怀慈悲。是很伟大，但太残酷。我们要求女生们最好够美，如果不够美的话，那就灵魂美。

每一个女孩都有可能是程灵素，因为我们遇到的动心的人都未必同时也喜欢自己。但我还是希望现实里的程灵素们改掉故事的结局，深深爱过不必搭上自己的一生，更不必搭上性命。我们感怀程灵素这样的好姑娘，会安慰自己说她也曾经幸福过，那是她在洞庭湖畔的白马寺第一次见到胡斐的时候，那时她的眼睛光芒四射，明亮得像月亮。但以将心比心的角度，我们还是希望她能好好活下去，过真正属于自己的生活，闯自己的江湖，博自己的声名，立自己的传说，遇上真正属于自己的爱情，而不是一厢情愿的，不是伤情女子的榜首。

我们彼此心动，就是为民除害

文/苏美

作为一个女人，在这个年代想要活得政治正确，简直要身心畸形。关于女人的胡说八道我一笑了之，比如碎嘴、善妒、心窄、斗艳、爱逛街、喜照相、见了婚纱都落泪，但那些男人意淫出来的女性的优良品质，比如善良、宽容、感情专一——我也坚决不买账。

英文里有两个词“crush”和“crash”长得太像，我一直认作一个词。crash是“车祸”的意思，crush叫“突如其来的心动”。两个词我分不清，因为直觉认为它们之间有一条暗道相通，那就是“突然”和“破坏性”。直到有一次看电视新闻，说据统计每年死于车祸的人数以万计，才发现我多书呆子气——车祸和突如其来的心动，两者最深刻的联系，在于其高频发生。

假如“心动”也算一种病，我肯定是重症患者。春花秋月之际，是一定要发病的，夏雨冬雪万不容错过，倘或遇到奥运世博国庆节，一高兴也是要献个礼的。至于对象的类型，简直有北大的风骨——兼容并包、思想自由：从多毛刺青的野兽男，到摇摇欲坠的瘦诗人，都能撞到我的某个频率上来。这样一来，我就很忙，一颗心简直是重灾区，不是忙着遭灾，就是忙着救灾。后来我去体检，医生拉出长长的心电图，狠狠写下“心动过速”四个字，劝我要养养脾性，凡事慢一点，急不得。我一边猛点头说“是是是”，一边想：您白大褂底下穿什么了？

今年我结婚整七年，年初我问耳东陈：今年咱不得痒一把献个礼啊？耳东陈说：就您那颗不值钱的心，它有不痒的时候吗？我说那这样，咱们列一份君子协定：只要有能耐，姑娘你随便找，但不许爱上，爱上了，也不许和我离，离也行，钱归我，债归你——你听见没？装什么傻啊？耳东陈如梦初醒地回过神，答道：你说完“随便睡”仨字，我就什么都听不见了。耳东陈的优点，是把自己当人，也把我当人。我有时发了疯说：我喜欢你。他就像见了鬼似的哆嗦：啊？……为……为啥？我说：我要和你白头到老。他就忧愁地拧个大眉头，说：人生苦短，咱何必呢？

把人当人这件事，说来容易，其实很困难。我每次遇见男人说，她心里只有我，我就暗笑到内出血，心想你这是把她当充气娃娃了，包装完整地送上门，你开个封，然后一辈子为你专用，不会有人想用她，她也每天等着你用。有人跟我说他老婆从不怀疑他，我也笑得跟蒙娜丽莎似的，中年男人有三高：高估自己的智力、高估自己的财力，高估自己的性能力。

如果有读心术，男人一定有大发现。她细细的低语，多数跟你无关；她脑海里的小电影，多数和你无关；她身体里风起云涌的欲望，也多数和你无关。一打开女性杂志，满篇都是对男人花心的讨伐，对女性情感专一的颂扬，我气就不打一处来，编辑们都是汉奸，不，女奸。

心动就像感冒，每年都来一两次。来得突然，大多找不到原因，没什么破坏力，就是脚下云里雾里的，行走坐卧都是恍惚的。你吃药也行，不吃药也行，过了一周病毒自衰，自己就消耗尽了。不当回事不行，感冒经常引发肺炎心脏病；太当回事，写遗书分财产什么的，也是够没见识的。比较有经验的做法是静静地等，物质都在自衰，连所谓的爱情都能自衰到灰飞烟灭，心动这种小事，算个甚。但如果刚好手头有活，经不得它打扰，也可试试辅助手段加快自愈。在这里我分享一下我的经验之谈：

第一招是混到烂熟，适合危险性不高的人。我曾遇到一个小伙，长得很帅。于是我就跟他混，混得他完全放松，常常跟我说话，我从来不听他说什么，只是观察他，比如他说话太多“嗯”字，小指甲留太长，普通话太过标准，而且似乎智商也有问题，搞得我性味索然。伊帅有个妙论，说性感就是神秘，我非常赞同。我俩都是想象力发达，行动力很差，他是因为骄傲，我是因为胆小——熟悉是性感的天敌。别管什么尤物，只要牵回家去吃喝拉撒在一处，就都完了。

第二招是文艺创作，有些人天生疏离，你怎么混都混不熟，真是要人命。但心动好比核聚变，是会释放能量的，不找个出口身体就会爆炸。于是我的字就成了情书，收信的人零星一两个还记得，大多数是连姓名都忘光了。以前体力好，写小说，现在不行了，开始学着写诗，耳东陈一听，说：支持！——您专攻打油诗的吗？

第三招是杀招，遇到有才、有貌、低调、幽默、有教养的男性，一个回合就解决问题，相当于植物大战僵尸里的末日菇，全屏都轰黑了，还留一大弹坑。我会问：你爱窦唯吗？结果可想而知——甜蜜瞬间结束。我不仅一点都不想跟他聊下去，还想一火箭弹把他轰月亮上去。

当你成为母亲，你就有了信仰

文/陈晓霞

一．

那时他还没在这世界上出现，我也才七岁稍多一点。有一天，我心血来潮，忽然想给未来的孩子取一个名字。我一边玩沙子一边苦思冥想。然后把一个七岁孩子所能想到的最时髦的名字，偷偷送给那个小孩。母亲在屋里蹬着缝纫机，对我的秘密一无所知。她没听到我那一声小母亲般的叹息，她根本不知道，她小小的女儿此时正在为谁操心。

似乎事情就在那时定了，他在未来等我，然后某一天，我们母子相逢。

人们把这归结为缘分。因为最终的结果真的是我和他，而不是我和她。是这样一个他，而不是另外一个他。一切命中注定。那天，医生把他捆扎结实递到我怀里，一张湿漉漉的褶皱小脸立即覆盖了此前想象中的画报娃娃。我端详他，觉得真好。膻膻的味道好，嫩笋样的手指好，鲜红的嘴唇好，过于响亮的啼哭也好。千般描画万般想象，全抵不过一个小小身体贴向怀里的那一刻知心。重要的是，这知心是两个人的，因了一个从另一个身上的分离，我们对彼此了如指掌。别人了解的不了解的，接受和不接受的，我们都全盘接受。在这个世界面前，我们是天然的同盟。

我因此扬眉吐气。全世界的女人都是在做了母亲以后才真正变得理直气壮。因为她再不是一个人，她的人生有了更进一步的意义。那些在复杂关系中滋生出来的不适、对抗、沮丧、黯然神伤，因为孩子的到来不再成为问题。人们奇怪一向寡言的女子怎么忽然就开朗起来，她满不在乎地大笑，貌似爽朗地打着招呼，粗枝大叶地忽略掉一切令人不快的细节。这是内心笃定的人才有的大度。这一切全是因为这世界多了一个人。

我心甘情愿地退化回去。跟着他简单到只知饥饱、冷暖、高兴和不高兴。他的胖脚丫蹬在我脸上，或者我亲他西瓜似的肚皮。我们无拘无束，心无旁骛，像两只小狗咬来咬去。我们对彼此的傻气都很受用。他父亲已经对我们的表现习以为常。他曾试图加入我们的阵营，但看看两张冒着傻气的脸，还是笑着选择退出。

这样的日子颇具修复功能，我那么快就忘掉了曾经的磕碰和疼痛，整个人又完好如初。

二·

一天，他兴冲冲跑过来，大声问：你们闻到青草的香味了吗？

正是阳春三月，我们走在公园里，除草机在辛勤工作。他不知道我和他父亲正密谋结束他的自由时光。他三岁了，得进幼儿园，去过群体生活。这是他接触世界的第一步，只有学会跟最小最简单的人打交道，将来他才可能应付更大更复杂的人。小孩对此一无所知。春天的景象让他高兴坏了。他欢天喜地跑过来，只想对心怀鬼胎的男女说出他的发现：你们闻到青草的香味了吗？

有时我想，他凭什么那么死心塌地地信任我？

我曾指着他泡得起皱的小手说：再不从浴盆中出来，手指就会像香皂一样化掉。我曾摸着他滑滑的脊背说，因为神仙把他的翅膀折起来了，他身后才有两块肩胛骨。

他毫不怀疑地相信了我。他还不知道世界上有欺骗这回事。

我利用这份信任抓紧实施了上学计划。我把他领进幼儿园，告诉他傍晚过来接他。我看到他眼中马上有胆怯闪过。他或许已经感到事情不妙，却什么也没说。三岁的小孩，已经知道在陌生环境里要有所克制。但是他不确定，傍晚究竟要等多久。据老师说，那一天他过得心事重重。不说，不笑，吃饭也少。那一定是他有生以来最漫长的煎熬。等他望穿秋水终于在教室门口见到我，眼圈马上红了起来。他径直走出教室，小胳膊紧紧抱着我，胸脯剧烈起伏。等他终于能够开口，他对这个给他设置了第一道陷阱的人说：妈妈，我想你了。

我承认，再没有第二个人如此一心一意地爱我。那些社交场里的客套，姐妹圈里的亲密，以及在华丽卡片上专门用“您”字来体现温雅和重视的一份用心，都不及此时搭在我肩上的软软的小手、吹在我脖子上的热乎乎的气息和不再控制的一声声抽噎让我动心。

三·

期末临近，我问他考试准备得怎样，他拿出一贯的低调：考完看呗。

呵。再不是那个豪情万丈的小孩了。那个以为自己有千里眼，能像鱼一样在水里待着，能造智能住宅，而且也能当妈妈的小孩，在为雄心壮志吃足苦头后，终于知道自己能力有限。九岁那年他万分羞愧地收回发出的按摩卡。那是他一时冲动的作品，足足一百张，二十五张发给父亲，七十五张发给我，他自己来做按摩师。他以为这事很简单，动手后才发现困难远远超出想象。

大部分假期被他用来自得其乐。奶奶院子地下四通八达的通道，冰箱里口味各异的冰糕，以及可乐瓶改装的自动浇花的水漏，都是他逍遥快活的成果。他一整天都在房子里忙来忙去，爸爸的大拖鞋在他脚下“呱嗒呱嗒”响个不停。他操心着自己的“工程”，根本顾不上寂寞。

有一天，我尽量轻描淡写地说：“刘一凡请了位英语家教。”

他头也不抬地“哦”一声，完全出于礼貌。我说：“李竹楠报了吉他班。”他在晾台上侍弄着花草，耐心地将枯叶除去，再把晒温的一瓶瓶清水浇灌下去。他看穿我的图谋，所以明确表态：“别给我报。”

我试图学邻居把孩子培养成多面手的雄心到此为止。因为我知道这温和的拒绝背后有多大的决心。三年前我也曾对他强硬施压，结果是我摔了他的复读机，他把作业撕成碎片。这方面，我们是一个铁铺打出的刀枪，难分高下。

现在我怀疑十三岁的孩子已经有了自己的狡猾。大多数日子他随和、顺从，轻易不露峥嵘。或许他受够了硬碰硬，所以改用另一种姿态应对。这和我的做法如出一辙。独子或者老生子们都有这种禀赋——事情还没发生，却已看到尽头。所以，与其激烈反抗招致不快，还不如不反抗；与其蜂蜂蝶蝶惹是生非，还不如开始就好自为之。我们都没有收拾残局的能力和耐心，所以干脆不去制造残局。看上去，他做得比我老到。

我们在好自为之中相安无事。回家见面，他会迈着男孩子懒洋洋的大步走过来，拍拍我的后背，叫声“老妈”。

他已经高出我半头。仗着这半头的优越，他帮我收拾餐桌，在他父亲出差的日子，晚上挨个查看窗户，中午让我小睡然后叫我。

偶尔，在我出门的一刻，他喊住我，知心地把我蓬起的一缕头发别到耳后去。

我亲爱的小孩，就这样长大了。

（请本文作者与出版方联系）

不以结婚为目的的恋爱不是耍流氓

文/赵施年

“说实话，我觉得你开始谈恋爱就意味着直接结婚。有可能我误会你了。我个人，就目前的情况，是完全不能考虑结婚的。我很想跟你谈恋爱，但是因为刚才所说的原因我一直犹豫，现在我不能承担起这么大的责任。如果我不说明这一点就跟你谈恋爱，有可能以后会伤害到你。我想问问你怎么想。”

收到这条微信的时候，我很不幸地正在吃东西。一口没咽下去，差点呛到鼻子里。

“谁跟你说我谈恋爱就是要结婚了……”我冷静下来回复他，然后配上三个哭笑不得的表情。

发信的是一名正在北京留学的日本男生。我们认识了一个多月，约会了几次。他礼貌体贴，诚恳单纯，我对他印象很好，也可以明显地感觉到他对我越来越上心，只是迟迟等不到他的表态。

最近一次约会时，我们在零下一摄氏度的北京辗转了几条地铁线去吃炸鸡。从见面到吃完炸鸡各回各家，在关系的确认上都没有任何推进。

“如果只是为了吃炸鸡的话，我明明可以叫外卖，何必大冷天的跑出去见你！”第二天傍晚，我倒在床上愤怒地想。干脆直接抓起手机发微信问他：“别磨叽了，给个准话吧，你喜欢我吗？”结果他就给我来了这么一段。

我用几小段初级中文跟他说明：“对我来说，谈恋爱就是谈恋爱，目前不会去考虑结婚的事情。”

随后，我们跨越了海淀区和朝阳区“异地”的距离，晚上十点半见上了面。在对“以后吵架的时候你可以不要把中文说得太快吗？”等事宜进行商讨之后，我正式接受了他的表白。

“我决定谈恋爱啦！”我十分愉快地向家里通报，对方是日本人，某校某院某系，在读研究生。

几分钟后，我就收到了来自我爸的“祝福”——“我感觉还是不合适”。

我仿佛能看到我爹一言不发皱着眉头斟酌字句。“他是在校学生，现在还在玩，不会投入真感情。再者，生活习惯和文化差异大，会带来很多麻烦的。请慎重考虑。”我爹低沉地写道。末了又重申了一遍：“我感觉还是不合适。”

什么叫“合适”？什么叫“还在玩”？我压下心头反问的冲动，故作霸气地回复：“我现在也是玩的。”然后又安慰性地补了一句：“又不是要结婚。”

发完了感觉有些恍惚，要是时间倒推若干年，这话绝对不会从我口中说出来。

我想起曾经的自己，面对着周围朋友恋爱、分手、再恋爱、再分手的消息，像一个卫道士一样与“轻浮”的他们划清界限。虽然不至于直接抨击“不以结婚为目的的恋爱都是耍流氓”，但也算是神情坚毅地表示过：“从恋爱到结婚，难道不就是多一张纸的区别？”打开我那承载着青葱岁月的QQ空间和新浪博客，一篇篇怀揣少女憧憬的日志里还表露着“一生一世一双人”的美好夙愿。

这种“慎重考虑”然后“从一而终”的恋爱观曾经被我贯彻执行了许多年。

作为一个感情充沛的人，我不可能没有遇到过心仪的男生，所以我保证自己“从一而终”的方式就是：即便已经非常喜欢对方，在确立恋爱关系的问题上也要谨慎谨慎再谨慎，除非有把握结婚，不然坚决不去开始。

现在回看，这种谨慎已经近乎变态。

十五岁的时候，我在读高一，跟外校同年级的一个男生关系很好，好到下一步就要早恋。这对一个听话的“好学生”来说是万万不行的。更何况，当时我想，如果我们互相影响了学习、影响了“前途”，那以后就未必能一起走下去。

为了跟他最终“有结果”，我在心里做了一个自认为成熟又悲壮的决定，我要跟他暂时“断开”，等到高考之后再继续。我甚至没有把这个决定告知他，就单方面终止了跟他的联系。

然而，这段小感情在如我所愿地暂停之后，并没能按照预期成功重启。

高考之后，当我所以为的“合适的时间”终于到来，并试图把他找回来时才发现，两年的隔离足以让我们失却曾经的契合，成长为彼此陌生的人。不曾与他拉着手一起向前走，没有汇合在同一个终点也就在所难免。

随着时间推移，我跟他渐行渐远，再无交集，只知道后来他去了加拿大。这个属于我十五岁记忆的男生已经全然退出了我的世界，而这段过往却在回忆的美化下酿成了我的一段怨念。每当我在现实中受挫，它就会跑出来让我纠结。

比如几个月前，共同的朋友跟我说起他快要结婚的消息。

这个消息来得突然，让正陷在不顺利的感情泥沼中的我十分矫情地伤怀起来。

作为一个收藏癖重度患者，我只用几分钟的时间就翻出了九年前与他在QQ聊天的几千页记录，在一两个小时内看了个遍。

原来，这个男生给我带来过这么多丰富美好的青春戏桥段。我们的对话无比默契合拍，聊起天来笑到眼泪横飞。生活处处有惊喜，有朋友捎来的话、跨越学校的小纸条和辗转到我手中的理查德·克莱德曼的CD。只是，他可以逃课来看我跳舞，我却在他说“下周六我在学校演话剧，你能来吗”或者“我的生日你有空出来吗”的时候，永远选择缺席。

我焦躁地发现，一个本应十分美好的段落被自己残暴潦草地辜负了。简直不敢相信，当时的我竟然选择错过看我喜欢的少年在舞台上发光。

曾经，我还会用这段经历标榜自己的理性，觉得自己在一段错误的尝试面前悬崖勒马。可是在那个无眠的夜里，我心里涌起一丝难过。年少时不知好歹地随手辜负的人和事，多年之后才发现是那么可贵和难得。那个男生在我的人生中只逗留一两年，我却不曾好好珍惜过。

管他以后有没有结果呢，十五岁时的我应该果断而勇敢地站在十五岁的他身旁，就算后来争吵了分手了又怎样？至少也不会像如今这样留下遗憾。错过了那个时间那个点，一切就物是人非，十七岁和二十几岁的时候都再也无法弥补。

现在想想，过度地谨慎、用对未来的臆想来考量当下的感情关系是否“合适”，本身就是一个幼稚而自以为是的伪命题。

在每一个阶段，人都在不断地成长变化。现在的我，跟我本科时以为靠谱的潜在结婚对象也都已经成了八竿子打不着的陌路。

凭着初入社会的这点闯劲，我觉得人生还有无限的可能和越拓越宽的自由，并不会像我的父母当年毕业被分配工作那样，拿着铁饭碗，日子安宁得一眼就能望到头。而结婚这个听上去非常稳定的事情，目前也没有被列入我的人生计划当中。

从恋爱走到婚姻，固然是一件美好的事情，关于它还有一个很好听的说法叫作“修成正果”，但是我并不觉得，不考虑结婚或者说最后没有通往婚姻的恋爱就有任何“不正”的地方。如果把它们都视为无用功而规避开来，那样“正确”的人生恐怕会是一场巨大的虚度。

人生都是经历，没有所谓的弯路和歧途，又何必给纯粹的感情背上那么重的负担，让尚不存在的以后去绑架现在？在我都还不知道我的未来是在哪里的时候，要怎么去筛出哪个人会跟我拥有同一个未来？

“有一段路的陪伴就走一段路，我不想去考虑太遥远的事情。每分每秒都要好好珍惜。”我这样告诉我的日本男友。把握当下、珍惜眼前，不怕天地变，诗酒趁年华。

不以结婚为目的的恋爱不是耍流氓，不过是路远天长，我们无法负担承诺，只知道这一分这一秒这一刻，我都不想错过这个人。

你计划的，未必能达成，没有计划的，也许会实现，时光匆匆，开心就好。

珍爱生命，远离怨妇

文/月如昔

我曾经听一个全职家庭主妇说过这样的话。

她说："如果不是老公工作太忙，孩子没人管，家务没人做，又请不起阿姨，我真的打心眼里不愿意当家庭主妇。"

我问她："那你想做什么呢？"

她回答："只要我有心，什么做不了呢？在上海这种地方，我出去当月嫂，每个月至少能赚六七千呢！有了收入，在家里才能有发言权，不像现在，老公凡事都不听我的，孩子也嫌我烦，他们都看不起我！他们也不想想，我这么操劳这么辛苦不都是为了这个家吗？"

此处省略她的几千字怨言，内容诸如“我每天早晨要几点起床做早饭”“伺候老公孩子出门，还要做家务”“不管天冷天热都要去买菜”“家里的地脏了从来没有人帮我擦一下”“我说话他们都当没听见”“我都好多年没买新衣服了”“有一天赶不上公交车，我只能一个人走夜路回家”“我的婆婆瞧不起我，说我一辈子只能靠她儿子养活”“我的老公心里根本没有我”……

听到最后，我实在觉得很惊讶，我不知道一个身材娇小的女人的身体里，居然能装得下这么多的忍辱负重，一个为了家庭牺牲了青春和年华的女人，居然丝毫得不到与她的付出对等的回报。

我轻声安慰着她，但她似乎听不进我的话，只是滔滔不绝地继续倾诉她的“苦难”，说到最后，她泪湿衣衫，泣不成声，觉得自己一生的付出都被辜负了。

上了点年纪的女性朋友中，凡是自身没有事业、退居家庭的主妇，心中似乎都充满了大同小异的苦闷和凄怨，七大姑八大姨，比比皆是，只是程度和表达方式有所不同而已。

每次和她们聊天，我的心脏都会不自觉地锐痛，就像有一把刀子在一寸寸划开皮肤，割开血管，然而这种痛的源起，不是因为我同情她们的处境，替她们觉得不值，而是我替她们感到羞愧，感到耻辱。

对于她们，我只想说：其实你根本就不是家庭主妇，你只是一个怨妇!

什么是家庭主妇？买买菜，洗洗衣服，做做家务，伺候公婆和孩子，照顾老公……这不是家庭主妇，这是花钱请个阿姨或保姆就能解决的问题，可你见过家政阿姨去抱怨男主人吗？你见过家政阿姨去教育主人的孩子吗？

是的，你可能会觉得委屈，因为你觉得自己不是花钱请来的家政阿姨，你是这个家的一分子，而且还是付出最多的那一分子。

那么，身为这个家里最重要的一分子，你真的尽到你应尽的责任了吗？

在这个家里，你的丈夫负责赚钱养家，你的孩子负责健康长大，即便是年迈的双方父母，也能起到“家有一老，如有一宝”的作用，

而身为一名家庭主妇的你，你的工作不仅是照顾他们的衣食住行，更是给他们营造一个温暖和充满欢乐的家，不是吗？

当你的丈夫忙了一天，回到家时，他除了渴望可口的晚餐，他也希望看到一个装扮得体、满脸笑容的妻子，不是一进门就被指责鞋子没摆放对位，袜子又乱丢了，而你蓬头垢面，怒气冲冲；

当你的丈夫吃完晚饭，想要休息一会儿的时候，他不想听见你跟他抱怨你今天又受了什么委屈，吃了多么大的苦，又和公婆闹了什么矛盾纠纷，又没有人帮你洗碗筷；

你的孩子，当他犯了错的时候，他希望你能对他进行正面教育和引导，而不是没说几句，就要听你讲你生了他多么不容易，你养了他多么不容易，你为这个家受了这么多苦都是为了他，他怎么这么不争气，不听你的话；

你的公婆，当他们对你有意见，说了让你不愉快的话时，他们也许并不是真心要责备你，也许连他们自己都没意识到，他们只是寂寞，想引起你的注意，渴望和你有所交流，而你只觉得委屈，觉得愤怒，你哭泣，发怒，指责公婆亏待了你，指责他们把你当外人，不放弃在任何场合说公婆的坏话，将婆媳矛盾闹到彻底无法收场。

你看看，身为一个家庭主妇的你，都干了什么？你对丈夫喋喋不休，你对孩子处处挑剔，你对老人满腹牢骚，你整天顶着一张苦大仇深的面孔，因为你觉得自己不痛快，所以你就不能容忍家里有人痛快。长此以往，恶性循环，你就越来越委屈，觉得自己付出了那么多，却连最亲近的人都不爱你，他们甚至对你投来憎恶和嫌弃的眼神，而你甚至不知道自己做错了什么。

我告诉你，你最大的错误在于，干着保洁阿姨的活，却操着女主人的心。

没有人愿意听一个常年不读书、不思考，满脑子只有戾气，只有鸡毛蒜皮和家长里短的女人，撑着一张怨气横生、缺乏保养的老脸，碎碎叨叨说那些毫无营养的话题。而且，她不是说说就罢了，她还要求你发自内心地迎合她，尊重她，给她回应，给她笑容，还要按照她说的去做，因为她自认为为你付出了一切，所以她渴望能操控和指导你的人生，这是多么可怕的事。

和一个充满负能量的人在一起，就是在间接消耗自己的能量，一个家庭里如果不幸有一个充满负能量的家庭主妇，那么她的存在，就是在消耗所有家人的能量！

在当今的这个时代，社会分工越发完善，任何一个领域都有着大量的专业人才，一个女人要为了家庭而退居幕后，成为一名家庭主妇，这不再是一种无奈之举，而只是社会分工下的个人职业选择。

全职家庭主妇也是一份工作，而且这份工作绝对不比应付其他工作容易。能成为一名优秀而称职的家庭主妇的女人，她甚至要拥有比职业女性更多的专业才能，和更高的修养与情商：

她要在繁杂的家务琐事中，依然能保持着乐观和从容的心态；

她要常年承受着没有人帮助和理解的孤独和压力，而且几乎没有收入，更少有奖励；

她要独自周转在菜场和厨房的两点一线，枯燥而机械；

虽然每天都要做单调的重复的工作，她却不能因此而和社会脱节，她必须自己调配时间，忙里偷闲去和朋友们聚一聚，听一听别人的生活，了解这个社会的变化；

即便家务再繁重，她也不能疏忽了保养自己，即便要小心翼翼地调配拮据的家庭收入，她的箱子底也要有一两件“战服”和“战鞋”，哪怕她久久也没有机会穿上它们，但只要穿上它们，她就觉得自己依然闪闪发光，并且这份光芒无关他人，只为自己，因为她明白取悦自己的重要性，也懂得该如何去取悦自己，并不需要到别人面前去寻找存在感；

等丈夫和孩子都睡了，她有一点点属于自己的时间，却不能放纵自己去看韩剧、睡大觉，而是要见缝插针地读读书，看看报，做一些思考，这样，在丈夫说起他的工作、孩子说起学校趣味的时候，她才能给出一些有建设性和内容的回应，而不是跟他们话不投机，或是干脆无视他们，喋喋不休地去倾诉她自己那些过时的老生常谈；

最重要的一点，她必须时时刻刻牢记自己的初衷，她之所以选择投入家庭，完全是她自己心甘情愿的选择，并享受这个过程。因为并没有人强迫她为这个家牺牲这么多。一个成年人，必须要为自己做出的每一个选择全权负责。

身为一个女人，如果你不能认同和做到以上的要求，那么你就不要接受全职家庭主妇这份工作，你应该选择去做一名职业女性，到职场上去发挥你的才干，然后，你可以用你自己赚来的钱，请保姆和阿姨来帮你料理家庭。

相信你的丈夫和孩子，他们绝不会勉强你，责怪你不够关心家庭，他们一定会理解和支持你，因为他们宁愿要一个不会做家务但快乐和散发光芒的妈妈，也不愿意要一个心不甘、情不愿守在家里、满腹戾气的怨妇。

事实上，如果你能做一个合格的家庭主妇，你一定拥有勤劳、乐观和与人沟通的能力，那么即便在职场上，你也能拥有自己的一片天，因为金子在任何地方都会发光。

反过来，如果你无法做一个合格的家庭主妇，那你更应该到外面的世界去闯一闯，因为你需要脱离家庭的温床，让残酷的现实世界，帮助你彻底认清你自己。

写到这里，我想再补充一下开篇提到的那位充满了委屈的家庭主妇的故事。她认为没有爱的家庭拖累了她的人生，辜负了她的付出，事实上，她在做全职主妇之前，只是一家小企业的保洁员，每个月薪水不到一千元，而当她当了若干年的家庭主妇，每天蓬头垢面、游走在锅台和菜市场之间，用她层出不穷的怨气将整个家搅得天翻地覆之后，她居然异想天开地觉得，自己现在出去，就能摇身一变，成为一名月薪六千起的专业月嫂，亮瞎那些看不起她的家人的眼。

她当然找不到一份月薪六千元的专业工作，因为她已经完全和整个社会脱节了，怨妇思维彻底摧毁了她的意志，她甚至忘记了自己是谁。

姐妹们，这世界如此美妙，我们不该如此暴躁，这样不好。不论是决定做一名全职家庭主妇，还是立志成为一名叱咤风云的职业女性，都需要一颗乐观淡定的心，一个不断学习和思考的大脑，一种懂得取悦自己的好习惯，因为你若盛开，蝴蝶自来。珍惜生命，别当怨妇。

×

做一个自己喜欢的女子：温柔且坚定

PART3

生活，缩短还是加长了与梦想的距离？

当女孩遇见女神

文/陈思呈

那天和朋友说起“女神”这个词。朋友也是写文章的，她说她不用这词，这词被用得太多了，像个玩笑。我说，但有些人只能用这词冠之，换了别的词不行，不信你试试。用“偶像”吧，在高大上的正能量之余显得常规化；再者，偶像是力的，而女神是美的，偶像倾向钦佩，女神则满含爱意。用“榜样”就更不合适了，又不是雷锋。

每个人心里都有一两个女神。每个女孩尤其需要一两个女神，在漫长的成长过程中，女神的存在是美的方向，她们被模仿过很多次的笑容，比任何一篇课文都为我们所熟悉。我们熟悉她说话时的神情，穿衣服的风格，惯用的语气，就像熟悉一篇课文的标点符号，起承转合。

我人生中的第一个女神，出现在小学四年级的夏天。掐指一算，三十年前的夏天，跟现在也没有什么不同。凤凰树爆炸似的开出了一树的花——在岭南每所中小学校园里，凤凰树是标配的树种。它们开花，它们也落花。我们把花瓣放在手握成拳头之后虎口形成的空隙里，用另一手掌向之力劈，它将出现一声娇脆的爆破声，这是我们的小型游戏之一。

我们的教室在二楼，那个高度一转头正好能看到凤凰树最密集的花枝。在吾乡，它还被称为“金凤花”，确有金石之炫丽。金凤花红得带橙，是一种有点土气又很天真的颜色，叶子细碎，正好漏下蓝天。假如要为童年找一棵树代言，我想它当之无愧。

讲台上正站着我们当时的女神。她是当时来实习的几个老师之一，被分配到我们班，我们为此骄傲了很久。相比另外几个实习老师，她是那么漂亮，令人不敢置信！我们至今仍记得，她穿着小碎花的连衣裙，腰里扎着黑色的腰带，盈盈冉冉地站在讲台上，说：“我姓苏……”

那个时候我们刚学了“鹤立鸡群”这个词，她的出现一下子让这个词栩栩如生。她教的是音乐，这多么合适，当她带着我们在教室里唱歌，窗外那一树热烈的金凤花仿佛也在记忆里伴奏。我像全班每个女生一样，飞快地爱上了她。

苏老师个子高高的，只穿连衣裙，长头发编成两条辫子垂在肩头上。她长得有点像山口百惠。最特别之处是眉心有一小块朱砂色的胎记，这令她看起来更像电影中的人，使她的一笑一颦显得既庄重又妩媚。她站在讲台上的时候总是笑吟吟的，看得出她喜欢我们但并不急于讨好我们。她的笑容让人心里一静。

那时候，我们学的歌有《我的小马车》：“我心爱的小马车呀，你就是太顽皮，你若是变得乖乖的呀，今儿我就喜欢你，的达的，的达的，的达的达的……”唱到这里，她身子前倾，神情调皮，手在空中打着节拍，引导我们唱得更加欢快。

还有一首歌是《只要妈妈露笑脸》：“只要妈妈露笑脸，露呀露笑脸……”她要求我们唱这首歌的时候要面带微笑。于是十一岁的我卖力地笑着。“停，”她突然停下来，笑眯眯地对着我，“思呈同学，你唱得很好，但是再笑你的下巴就要脱臼了。”

全班一阵哄笑。但我没觉得她在批评我，她语气中不见外的亲切调侃，甚至让我觉得她对我另眼相看。

那之后她半为鼓励半为安慰地让我加入了班里的文娱小组。

说到文娱小组，这是至今为止世界上最令我向往的组织。它往往由班上最漂亮最活泼的几名女同学组成，偶尔也有凤毛麟角的男生。在每天下午全班同学结束课业之后，文娱小组的同学们在课室里开始排练。有时候是小合唱，偶尔也有小品，更多的是舞蹈。

以往，当文娱小组开始排练的时候，我也会和其他灰扑扑的女生一起围观她们，看着那几名文娱精英娇俏地站成一排：**“村寨前啰喂，有座小竹桥啰！闪呀闪呀闪，摇呀摇呀摇……”**她们摇摆身体，模拟小竹桥摇动的情形。音乐中她们表情甜蜜，落落大方，仿佛与我们身处两个世界。

多么羡慕能歌善舞的女孩。而我，一旦我站在众目睽睽之下，顿觉自己每个动作都那么笨拙，手和脚都显得多余，声音发着抖，脸上的肌肉因为紧张而僵硬……我为什么没有办法像苏老师那样，像跳《小竹桥》的同学们那样呢？她们一定是由衷地知道自己很美吧，才能那样且跳且歌，如行云流水？

很小我就意识到这个问题，后来我知道心理学上有个词叫“悦纳自己”。

我在苏老师的提携下加入了文娱小组，尽管只是跑龙套的。组里有四个核心成员，她们扮演四只蓝精灵，有一个性格鬼马的男同学扮演格格巫，我和另外五六个同学组成背景墙伴唱。但这不要紧，我已经充分地享受到舞台的感觉。

一天中我最期待的时分便是放学后，音乐响起来，我站在人群之中放声歌唱，相比独唱有适度的安全感，而我又能享受被围观的骄傲。今夕何夕兮，当我歌唱。

苏老师唱歌的时候，世界变得辽阔。她的声音并不甜美，甚至算

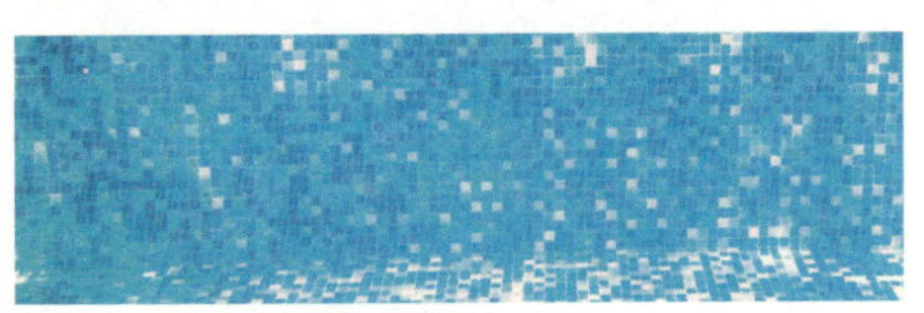

不上清亮，但像一条大河一样宽柔。她唱歌的时候，含有笑意的眼睛平静地、坦然地望向我们。她仿佛知道，她可以用歌声掌控住这一时刻。我坐在一边，不知拿心里的向往如何是好，只是木讷又深情地看着她，并不知道有一天会在记忆里得到这一时刻的营养。

有时候，我们走出教室，到小操场去排练。录音机放在树荫下，苏老师穿着白色连衣裙站在一边，有时候她走上前来给我们做示范动作，白裙子飘来飘去像一朵花……夏日的傍晚无比悠长，天光迤逦不去，那南风吹来清凉。

不久之后，苏老师结束了实习。没等我们失落太久，她又回来了，这次她是来正式工作的。但是不知为什么，与实习时那完全被歌声浸透的无忧无虑不同，我隐隐地感到她不快乐。有一次，我和另一个同学无意撞见她从教师休息室里走出来，低着头，眼睛红红的，像感冒了那样抹着眼泪。

如今想来，当时的苏老师，不外乎一个二十出头的女孩，二十出头的生活里，可以一哭的事情太多了。但在当时，两个小粉丝的心里，女神的眼泪令人心碎。多年以后，“祝你快乐”是生活中一句极为平淡的问候语，随时被说起，几乎显得敷衍。但是这极为平淡的话，却是当时我们真实的心声：希望她快乐，不想看到她难过。可惜从没机会让她知道。

恐怕与很多人的童年一样，我们遇到的多数小学老师，都是凶巴巴的。记得有一天，迟到的我在走廊上撞到一个老师，她马上嫌恶地将我一推并骂了句什么，我清晰地感受到她随时暴发的怒气。有另一个老师，在我考了四十分（满分一百）的“显赫”分数之后，把我叫到办公室，抑扬顿挫地说：“我要是你妈啊，有你这么个女儿啊，我一定会少活十年的。”

我不知道这些老师为什么要对一个十岁出头的孩子说这些话。她们也许只是激将法，只是恨铁不成钢，但无论如何，与很多差生一样，老师在我心目中，是一种很可怕的生物。

苏老师却是一个例外。她那么出众的美丽姑且不说，她看向我们的笑吟吟的眼神，令我们瞬间感到自己整洁、有尊严、散发着光彩。我们从未见她发火，与其说这是对我们的照顾，不如说是她的自我要求。一个气急败坏、恃强凌弱的形象是丑陋的。事实上，只要她把脸上的笑意一收，就让人觉得很难过了。

还因为她所教授的科目。音乐，多么好的科目，就像鲍尔吉·原野文章中所写：“音乐永远不会与你陌生。它不像外语或化学那样，对介入者提出一种条件。”一个文盲也可以在发声的时候，感到与世界强烈的共振。

之后我们毕业上了中学，之后是长久的相忘于江湖。直到多年以后，才辗转听得苏老师的消息。听说她考上省城的大学，离开了我们那个小学，然后又考上了北京的研究生，然后她一路出类拔萃，像一个神话一样存在。最后，她成为一名指挥家。

实话说，我们都不意外。她的光彩明显异于小城的各种物事，我知道，她迟早会被更多的人看到。但即便如此，我也不希望这些属于她的成功，被视为一种权力。她在我们心中的意义与成功无关，成功于她的美，无所增减。

当然我为之骄傲。在那么小的地方，那么小的学校，我们那么偶然遇到的一个音乐老师，如今竟是一名指挥家。她指挥着一个个大合唱团在全国比赛，对着更加多的人群，唱出河流一样的歌声。一定有更多的人视她为偶像。但她人生的最初粉丝，或许也是最重要的粉丝，还是当年的我们。

那个下午，我们在网络上搜索她的视频。我看到她熟悉的脸，仍然那么美丽。她已到中年，大概年过五十，如我们意料中那样已经发福。但一个女指挥家，难道不就应该有这样坦然而雍容的体形吗？

女神总是女神。她穿着黑色的晚礼服，站在舞台中间，全场的气氛仿佛都在她的两掌之中。她举手开始指挥，音符从指尖滴落。她双臂有力地伸展，歌声随之而来，仿佛大河铺开。这是一个陌生又熟悉的女性，时光瞬间像箭一样向我射来。

我们还看到了她的上课实录，她指挥着她的合唱团："声音再远点，再远点……"她在耳朵后面亮着手掌，"男生这边，一定要让声音宽着走，好，走！"她把手平平地摊开，"这边这个声部，你们这个平台一定不能虚，这边搭好平台了，那边就怎么唱怎么漂亮。”手掌往下一劈，“这个声音露出来之后，尾巴一定要藏回去……好，漂亮！”她做出陶醉的样子，假装要晕倒，随后大力地鼓起掌来，鼓励她的队员……

我忽然意识到我为什么对她独怀深情。除了因为她那么美丽，那么亲切，那么优雅，更重要的是，在她这里，我看到了飞升于平庸之上的力量。那也许是音乐赋予的，也许不是，总之，当那个十一岁的小女生在讲台下，仰头看着她的女神歌唱，生活就向我开启了一个神秘的所在。

我爱慕她的美，更仰望她的力量，在那支指挥棒魔术一样的起落中，生活中所有的残败被遗忘，所有的平庸皆可忽略，光和蜜组成的万花筒，在无形之中，缓缓流转。

生而为人，一颗高尚的心配在一具灰扑扑的肉体里，有多少人是这样的命运。可是在那个十一岁的夏日午后，窗外的金凤花全力盛开，脚踏风琴声中我们亦步亦趋地跟着苏老师练习，在那个瞬间，心里所起的震动、涟漪蔓延到今天。命运还没有打扰我们，可是我们对世界已经深怀爱意。

我完全不想和我记忆中的女神相见，我知道相见也无言，唯有搓着双手傻笑。请让我在回忆里暗自珍惜，美丽的女神，谢谢你曾经在我的童年里歌唱。

30岁，生活就这样了？

文/张巍

离婚前，反反复复拿不定主意，跟一个朋友说，每次看着才三岁的孩子，真想就这么凑合过下去算了。可是怎么也找不着那个“认了”的感觉。他问我：什么叫“认了”？我说：就是从此以后，再不开心也不折腾了，不再对更好更美更幸福的生活怀抱期待，就这样平静地过下去吧。我想来想去，还是没法认，那个“不认”简直就像一根针戳着我，如鲠在喉，不吐不快，最后我还是离婚了。

每天都有无数的心灵鸡汤、宗教人士、心理医生在朋友圈一遍遍刷屏，教育我们不能改变世界，不能改变他人，只能改变自己。幸福只在一念之间，只要不计较，万般皆自在。我也跟自己这样搏斗了好多年，后来发现幸福也有贫困标准线，在底线之下生活，再怎么麻木自己，不快乐跟饥饿感一样还是会在临睡前袭击你，让人百爪挠心、辗转反侧、夜不能寐。我没法认啊，我也是人，我有基本需求，我需要体体面面生活，堂堂正正吃饭，按时按点睡觉，你非让我“认”，那遗憾如深渊如恶魔，在每个阳光的背面时不常地跳出来吞噬掉每一点健康快乐。不不不，我不认。

大学时代逛图书馆，有一天我无意间看到一本亦舒的《流金岁月》。一个周末什么也没干看完了，故事到了快结尾的时候，看到蒋南荪大女未嫁，一个人形单影只地去了英国，无意间邂逅了一个养狗的男人。如果没记错，应该是金毛吧，亦舒用的形容词是“温和”。人和狗一样温和，蒋南荪就这样得到了一个好归宿。合上书，长舒一口气，那份畅快，就是“认”吧。

还有《桃花红》里的混了黑社会的老三。小说的结尾，七个爱恨情仇纠缠一生的姐妹分散了，老三在生命中年才认识的男人的车上，疲惫踏实地睡着了。黄碧云那样一支暗黑刻毒的笔，竟然难能可贵地写了几百字的温情。她写那份人到中年的了解与不容易，我读过十几年仍历历在目。那也是“认”吧。

三十五六岁之前，总觉得自己是文艺少女病害了一生。所以才会人到中年仍然不肯脚踏实地生活，总还在渴望那些莫名其妙漂浮不定甚至很难用“爱情”“愉快”“富足”简单概括的感受。现在想想，我一点也不文艺，我毕生都在追求“认”的感觉，就像一个国家应该为自己的人民追求基本的法治、民主和吃饱穿暖。

三十七岁到来之前，我想理直气壮地告诉这个世界，是的，我挺好的，我要求不低。对我不好，我不认。从今以后，我不会随随便便地把自己托付给一个陪我打发寂寞的男人。我要一个我能认的、我肯认的、配得上我的认的男人。

就像一个考拉认一棵桉树，就像一只小兔子认一只大兔子。哪怕像彼得终于在鸡鸣前认主，索多玛留下它的盐柱。

这是我的爱情宣言。我才懒得告诉全世界。

那件你想做但一直没去做的事

文/张伟

一．

先分享一个非常私人的经验。

每年的四月底五月初，也就是牡丹花期，我都会想去一趟洛阳。从最早有这样的想法到现在，大约已经过了二十年。最初读高中，“洛阳牡丹”这几个字很容易打动一个读县城中学又怀有梦想的学生。大学里，每年五月也都会这样想，那时候，买一张车票往南走已经不算太难，但我不记得最后是什么让我没有那么做。

大学毕业之后，一年一次的洛阳花期总会让我感到冲动，有两次我连车票都已经订好了。然而，这么多年过去，我不知道去过中国多少个大大小小的城市乡镇，但我从来没有到过洛阳。

有时候我想起这件事会觉得羞愧，因为我心里知道这件事对我虽然并不紧急，但确实很重要，以至于我在网上搜索过太多洛阳牡丹的资料，可能跟一个洛阳当地人一样熟悉那里的公园、宾馆、公交车路线。但我不愿意花一点努力去实现它。这和那些天天呼喊着理想却从来不肯动一下腿的人没什么区别，大多数时候我们是鄙视甚至嘲笑这种人的。

但有时候我也在想，也许正是我从来没有成功地去洛阳看过牡丹这件事，保护了洛阳、牡丹、五月这些东西在我心里的仪式感。因为洛阳牡丹对我来说是一个一直没有实现的理想，我心里对鲜花、对五月，甚至连带着对于任何陌生的旅行地点都带着挺浪漫的态度。我很少用非常庸俗的现实主义去判断这些东西。也可以说，这让我保留了某种文艺的纯粹性。

甚至，我也开始逐渐意识到，越到后来，我越有意地不去实践“到洛阳看牡丹”这件事。我早就通过各种途径知道了洛阳牡丹事实上并不算好——起码绝对比不上在我心里酝酿了二十年的那样东西。一次五月到洛阳之旅一定会强迫我回到现实里，并让我从此失去这种对还没有到达的地方的美好的信念。

洛阳牡丹在我生活里的价值，就像那些“想做而一直没有做过的事”对每个人的价值。因为没有做到，它们就仍然代表着渴望和追求，它给目前的生活增加了焦虑和渴望，又因为“有一天终于可以做到它”的这种可能性，对生活怀有一点热情。

从这个角度衡量，终于有一天做到了这件事，未必真的更好。

二·

我是在两天前突然意识到这种“想做而一直没有做的事”对人们到底有多重要。

就是两天前，我请新世相的读者在后台简单介绍一下自己。尽管没有给出具体要求，但此后的大约一万条留言还是带着一些明显的共同点。每个人的生活千差万别（我刚刚读完一个在河南做挂车司机的读者和一个在兰州读大学的南方读者的留言），但很多人都主动在留言里加上了一两句话，讲了他们想做但还没有做到的事。

有的人想到北京工作，有的人想当导游，有的人想离开一次邢台。这些事也许不够重大，但当每个人都只用那么短的话来介绍自己时，我意识到，人们特意提到的这件事，就意味着它非常重要——当向一个陌生人介绍自己时，它是最重要的信息之一。

到北京工作，当一个导游，一次旅行，当然还有更多。我想，我能找到一百万个人证明这些事并没那么美好，甚至会令人失望。这就好比几乎每个我遇到的洛阳人听到我想去洛阳看牡丹的梦想之后都会说“其实没那么好看”。

但那是在这些事情被做了之后才要考虑的。在它们还是“想做而一直没有做的事”时，它们的价值就远超过这件事本身。它们是一种逃跑心理，因为实现它的念头在心里被琢磨了几百次之后，它就变成了一种热望，一种不甘心，一种很难死掉的让生活发生点什么的动机。而且，不知不觉中，生活也会随着这种反复的挣扎，一点点围绕着这件事编织。

三·

有时候，想做而还没有做过的事情定义了我们。我们会为做到那些事情准备自己，为它可能被实现的前景而激动。我们和那件事之间的距离，让我们意识到自己人生的缺憾和不足，也让我们意识到自己渴望成为什么样的人，到达什么地方。

已经做过的事情决定了我们是谁，想要去做的事情决定了我们会成为谁。《追忆似水年华》里说，想去意大利旅行的愿望让童年的普鲁斯特从精神上变成了一个配得上意大利的人。《平凡的世界》里，想去县城工作这样一个念头可以让农村青年始终不沉沦在乡村的现实里。那不需要是一个多么伟大的梦想，只是因为想做而没有做到，它就能救人于生活之中。

一定要保护好你的那件想做但还没去做的事。有可能是它让你活着。

你不结婚？那可真是个怪物

文/牙箍少女

“你看见小童在朋友圈晒孩子了吗？”

“看见了，她什么时候生的啊？还有莎莎，她是不是辞职就在家带孩子了？”

“不太清楚，人家老公也养得起，估计当少奶奶幸福着呢，现在天天晒照片。”

可能是到了该成家的年龄了，在朋友圈里见到曾经的同学晒婚纱照、晒孩子照都已经看得麻木了。这个时候，就像知道你需要再被打击一下似的，妈妈还会不合时宜地给你补一刀："女儿啊，某某阿姨的儿子你不去见见？我看着还行，本地人，在××公司上班，这是照片。"我看看男生的照片，再看看同学秀娃的照片……不行，还是说服不了自己，是的，不必为了要建立家庭，要生个孩子而去结婚。

有个成语，叫物以类聚，可能是身上散发着单身狗的气息，身边最好的朋友也都差不多还单着。既然自己遇不着，那就只能靠相亲。我的大学室友京京是一个特别害羞的女孩，入学头一个星期就被我们给弄哭了，因为像我们这种"老流氓"型的姑娘特别喜欢互损，结果她好像从未接受过这样的"磨炼"，以为我们真的在说她，就偷偷跑到卫生间抹眼泪去了，回来时还红着眼睛。瞬间，我们几个始作俑者就傻了，连忙道歉解释。就是这样一个羞涩的姑娘，前不久跟我们说上个月相了十几次亲，算下来一星期平均要见三四个相亲对象。这都是父母和亲戚安排的。到最后，自己都麻木了，导致过了许久才觉得其中一个男生很不错，可早已失去了机会。

这不禁让我想起几年前的一次小学同学聚会，大家都是十几年没见了。同样也是印象中一个超级腼腆的乖乖女，聊了几句之后，就跟在场的同学语重心长地说："你们帮我看看，有合适的给我介绍介绍，我和我妈都特着急。"私下里我问了问，她说特别不好找，家里人一催，自己也特别着急，觉得马上就要成老姑娘了，亲戚家妹妹都怀孕了，自己这还没结婚。

由此看来，好多时候找对象这事都是“皇上不急急死太监”，自己还没觉得怎么着呢，家里的妇女们就开始如蒸锅上的蚂蚁，奔走相告，火急火燎，像是还不谈恋爱不结婚的你，是个怪物。

“我老在咱家楼下碰见一个姥姥带着她的混血小外孙女，太可爱了。哎呀，真想让你也生一个。”

“哦，那我去精子库找个老外吧。”

“前天去参加老同学女儿的婚礼，人家那姑爷真不错，虽然胖了点，头发少了点，不过挣得多，家里房子大，还有个小院，到时候一家子一起住。”

“那好办，我现在就去××网注册，就一条要求，家里有农家乐。”

每当我妈给出这样的话题，我就只能以智慧的语言让她自行消声。有些事不要强求，每个人一生都有不同的阶段，不同的状态，只要把当下的生活过得舒服，就很好了。得之我幸，没有我也可以自己创造幸福。

前几天看了一个非常有意思的视频，是一名叫作Ali Wong（黄阿丽）的华裔女喜剧演员的脱口秀，被称为“最污的脱口秀”，污不污先不管，Ali让人很佩服的一点是，她挺着七个月的大肚子在台上说了快一个小时，其间还有大幅度的动作。她说的话看上去是可笑的段子，实则提出了很严肃的问题：现在的社会对女性要求越来越高。她说和朋友在街上看到准备去做美容的家庭主妇，朋友说人家是白痴，她却觉得人家很聪明：有人投资，有时间去挥霍，让自己变得更美丽，何乐而不为？她最大的梦想就是在家当一个幸福的家庭主妇，然而现在的生存环境却不允许。女人要在职场上如鱼得水，也要传宗接代，生完孩子还要回归工作岗位，之后更是要兼顾家里的家务和公司的事业。一个在美国的女人尚且如此，就不要说国内了。

还记得一开始那个莎莎吗？其实她产假马上就要休完了，下个月回公司上班。之所以生完没多久就要回到岗位，是因为已经有其他同事威胁到了她的地位。她顶着老公和婆婆公公不满的压力，为了不脱离社会，坚持要守住自己的事业，这样就只能委屈孩子了。再想想那些哺乳期要在公司吸奶的女员工，有的公司比较人性化，专门设置了吸奶室，没有的就只能找个没人的地方凑合一下。所以，那些在妈妈眼中结了婚、生了娃、特幸福的别人家的闺女，也有着各种各样的压力。

不过，我们女人并不自知这是一种不应该被施与的压力，因为一代代中国女性都是这么过来的，都习惯了。你不结婚，是个怪物；你结婚不生孩子，是个怪物；你结婚，生孩子，回去上班不管孩子，还是个怪物。其实，仔细想想，真正的怪物，到底是谁呢？

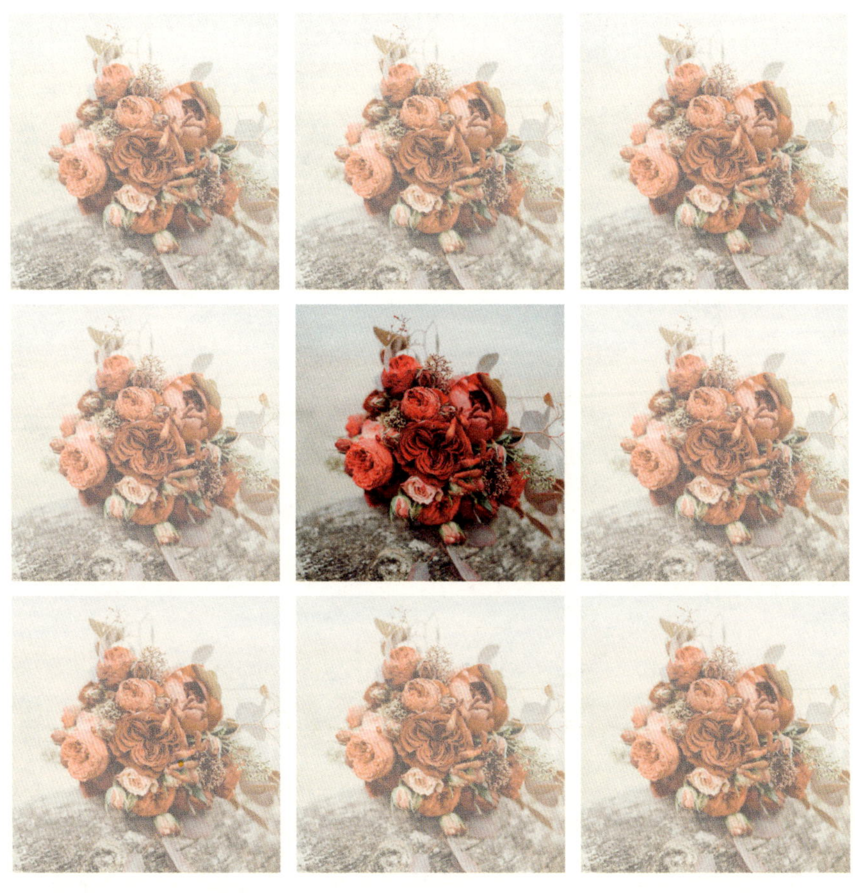

健康饮食就像没有性欲的男女

文/蔻蔻梁

“蔻蔻，你试一下我们的COMO Shambhala Menu（COMO香巴拉菜单）嘛，都是很健康的饮食呢。还有我们的蔬果汁，都不错的。”

我一边听着服务员介绍，一边在脸上摆放起一张“哎呀我就是客气听听，其实根本不会采纳你的建议呢”的官方笑脸。

如果你不熟悉COMO，我就得这么介绍：就是梁朝伟和刘嘉玲结婚的那家酒店咧。哦，是它啊。

COMO崇尚和自然一起呼吸的健康生活。我不去攻击那些早睡早起坚持运动的良好品德，那些东西貌似的确值得追求和坚持，并无坏处。但是，难道你们不认为健康饮食就像没有性欲的男女——因为无趣，只好人品高洁？

村上龙说，吃到罪恶的食品，就会精神百倍。什么是罪恶的食品？你我心中有数。如果你非要说藜麦老豆腐沙律就是比四成熟的和牛牛排好吃，我只有忍痛把你开除出我的饭友圈。

端着一张官方笑脸，硬着头皮去看COMO Shambhala Menu。燕麦、吞拿鱼、木瓜、虾、小麦草、甘蓝、芹菜、姜，从食材上看健康得无可挑剔。而综合蔬果汁的名字走的不是旭日东升那个风格，就是清新早晨那个路子。

合上菜牌，突然迎上了服务员那双特别期待的眼睛。小狗一样，湿漉漉，黑黢黢，仿佛不在这个菜牌上点些什么，这双眼睛里一定会流下大颗的眼泪来。

行吧，点了一份吞拿鱼拌海藻沙律尝新鲜吧。

哎呀！哎呀！我又错了。

谁说无印良品的棉布长袍底下不能配暗紫蕾丝马甲款紧身内衣和丁字裤呢。颠覆性的强大反差在脑子里震动，我看到叮当猫在跳钢管舞，斯嘉丽·约翰逊在剑桥大学拿了古典英文文学博士学位，杜甫老先生参加裸体大巡游。

漫不经心的第一口下去之后，发现跟竹林一样清爽的口感中竟然蕴含了比迷宫还复杂的味觉层次。它香浓，香浓的程度甚至超过了以“口味重”著称的川湘菜式。只是，这种香浓完全是另外一个维度上的香浓——如果你能明白有一种颜色叫作“很深的白色”，就会明白这种感觉。

一个沙拉的味道竟然带着刺穿和清洗的力量。厨师极其聪明地利用多种海藻调出鲜味来，像极了昆布高汤。有意大利黑醋一闪而过，又分明缠绕了苜蓿芽的青葱。鲜红的吞拿鱼被切成玉米样小粒，在齿间迸发鱼肉的香甜。我原以为它们只是整个沙律里的点缀，没想到竟然是主角，它们细密地隐藏在各种海草和嫩芽之间，无穷尽地炫耀肉感。

“来人啊，上酒！”当然我没说这句话，这只是我在点综合蔬果汁的时候心里所带着的豪情，就是那种吃了罪恶的食品时才会产生的“精神百倍”的豪情。

“我最讨厌综合蔬果汁里面那种臭青青的味道。”一个女友曾经皱着眉头这样说。啜饮了一大口面前这杯深紫色的综合蔬果汁，我特别想给远方的她打电话：“快来喝快来喝，完全不会臭青青，而是蓝莓一样的浓郁甘甜啊。”

安达曼海的海风爬上绿色小山岗，穿过泳池边的白色阳伞一直拂到桌面。我被说服了。味道和环境果然是应该互相匹配的，在“安达曼蓝”底下吃红烧蹄膀，的确会折寿。

次日，青黄杧果大虾沙律配柚子如炫技一般，让我再次跪倒在这份餐牌之下。青杧果清香，黄杧果香甜，柚子微酸又带着柑橘科独特的香气，轻烤过的大虾乖乖泡在完全写不出味道的香浓酱汁里，沦为配角。像配葡萄酒那样选一款综合蔬果汁来配它吧，唯独如此，才对得起如此香艳馥郁的健康。

好吧，我承认错了。但这种错，简直是人生奖赏，不是吗？

百媚千娇，我不接受的那一款

文/刘贞

作为两个有主见的独生子女，我和堂哥看电影时常会起争执。那时候观众的主流意见是喜欢浓眉大眼一看就不会叛变革命的，我就老是喜欢敌方狗司令的司马副官，一看就是留过洋的，会唱《月亮河》。他就老批评我说你是看德国制服啊还是看人啊，男人的进步不在衣服上。他发型梳得好看可是他立场反动。不过后来他跟我承认，他也喜欢战争片里那些女特务，他说长得多带劲啊，那个小帽子多好看啊。

上大学的时候和中文系的姑娘一起去图书馆放映厅看《滚滚红

尘》。大家都为女主角肩膀上那一块桌布倾心时，一海南籍的男生直言说论说林青霞真丑啊，下巴跟一休里的新佑卫门似的。遭全场文艺女青年怒视，数十道寒光下该生噤若寒蝉。他旁边一姑娘耷着脸追问他，你觉得谁好看呀说呀说呀，说说呗。他嗫嚅半晌说温碧霞行不？一众释然，原来他喜欢这样的，通俗美人，一般尤物。常年斜披一半鬈发，露出一边媚眼似喜非嗔地睨住你，身体拗成个 S，大意是说，你看我美吗。而潜台词是，我深知我很美。有颜色，无风骨。

那时候情侣间鉴定趣味的题目，除了你喜欢余秋雨还是李泽厚，就是你觉得巩俐美呀还是曼玉美呀。当然标准答案是你美。那时候还不流行“你妹”这个谐音。身边大部分男生喜欢的女明星，要么乡土俗艳，要么清汤挂面。但五官身段都有真材实料，某某是否美人只是意趣之争，不是真伪命题。不像现在美颜相机这顶级化妆术，三两分姿色就能夸张成个美人的样子。

一起看了金镶玉以后，堂哥和我之间关于美的争论终于在张曼玉身上获得统一。那时他有了恋爱的烦恼，有个性格飒爽的女孩子勇猛地追求他，有个样子婉娈的女孩子默默地关注他。他理想中曼玉那样又妩媚又爽朗的女孩子只在龙门客栈的烟尘中绽放艳光。现实是逼仄的，他很男人地选了那个样子漂亮的。她很爱哭没错，可是哭起来好看呀。她很会闹别扭没错，可是别扭起来挺可爱呀。后来他成了一个苦恼的已婚男，他想处置自己的钱包和时间时，老婆就会哭、饮泣或者号啕，然后闹别扭回娘家或者玩失踪。女生都看得出，有观众的哭不是示弱是示威，有计划地发脾气不是撒娇是要挟。可是男生们就觉得，哇，小白兔和小花猫，“卡哇伊”（可爱）哪。

同年夏天我的密友在学校操场向一男生告白，被拒绝。他们之前谈人生谈理想谈未来谈别人的爱情都特别投机，简直就可以撮土焚香月下结拜了。这男生在谈话里展示了广博的知识和高超的见解，他看起来是喜欢灵魂独立精神性感的女子的。我的朋友性格直率，卓尔不凡，发型很美，眼睛很圆。和你想的不一样，她真是一个有身材有脸蛋的美女。在我心里面她就像乔治·桑一样自由有力量。

我们都以为他们必然会走在一起，像李银河和王小波，像萨特和波伏娃。可是他说对不起，我觉得我们不合适呢。最后他找了社团中一个小嘴巴长头发的姑娘，姑娘有斑斓的情史和永远如初恋的笑容；麋鹿一样的眼神，当然也像麋鹿一样无知。我是指自然科学常识这些个劳什子的指标，实用情商人家可高得很。常常双手托腮眼神高抛，然后定定地望住目标，说你刚才说得真精彩，我都陷入迷思了。

经此一役，乔治·桑式的朋友比我开悟得早，发型偏哪边不重要，英语有没有口音也不重要，美人最要紧的还是让人一见即有做英雄的自觉，发愣假笑咬手指，乔痴卖呆耸肩膀，非要开口就说一句“人家不知道嘛”。化妆品之外，还要佩戴闪闪的泪光。掳获人心，这种种示弱永远是必杀技。世间有百媚千红，可男人还是喜欢传统的这一种。

我说那不假吗？她说我们看到的是矫揉，他们看到的是娇柔。涉及罩杯和笑容，真伪不是最重要的，尺寸和角度才关键。知道这真相很让人丧气，可年纪越长就越觉事实大抵如此。秾丽的女生示范发嗲或清纯的女生表演装傻，身边俊友智者高人名士纷纷两眼发直思路虬结，表示感觉好极了。生平见过最强悍的女人都是外观我见犹怜型的，充分说明这是个男性社会，我们吃亏就吃亏在笑的角度不对，哭的时候也太大声了。

学不来，也只有像我一样，旁边骇笑一声。还要预备有人在更远处骇笑，哼，一个写字的中年妇女，羡慕妒忌恨罢了。最后总结：每一款美人我都喜欢，除了那一款，美的气味稀薄，野心又太蓬勃。

每天都要用心过生活

文/鹿包

最近我发现，很多人跟你倾诉她的烦恼，其实是无解的。当你提出解决方案一，她一定会说“可是”；再换解决方案二，她又来一个“可是”……

这些个“可是”的背后，是陈腐的观念、不愿改变的懒惰、斤斤计较的贪婪，以及由此引发的懦弱。懦弱是泥潭，一旦深陷其中，便无力自拔。

你伸出手给她，她会回避，而她回避的背后，正是陈腐的观念、不愿改变的懒惰、斤斤计较的贪婪。你救不了她，除非她自救。

在下着雨的武汉，我去见了一位正在人生低潮期的朋友。

我俩漫步在大街上，一边说着话。“我多羡慕你啊，”她说，“但是我做不到。”她的话紧紧握住了我的心。

这位朋友不一样的是，她没有跟我诉说任何实际的烦恼，只是邀我共度时光，观察着我，向我提问。而我呢，也乐于分享。

她为我拍了照片，然后说：“看看你的样子，多么骄傲！”是的，如果不是有她做参照，我可能根本没意识到我现在的状态有多么好。于是回家写日记时顺便思考了下人生，得出了这么个结论：我是一只鸟，负责飞来飞去和歌唱。

从前我还没意识到自己有多快乐，有了这位朋友的对照，我得以确认了自己的快乐。

当然，正在天上自由飞翔的我并没有得意到无法无天，相反，现在我的自律精神比其他任何时候都要好。

一个表现是，我开始自发（而非被迫）地让自己上朝九晚五的班。

早睡早起、学会时间管理的感觉真好啊，我觉得自己仿佛被松浦弥太郎（日本知名媒体人）附身——他的名言是：“每天都要用心过生活。”每天别人九点上班，他恨不得八点就开始工作。“提早一小时，就等于多了一小时。有缓冲时间，就能沉着应对。有缓冲时间，就有余力下功夫。”

于是，自从我的人生座右铭变成“Just Do It”（只管做吧）后，接下来我的每天就是贯彻“Do List”（执行列表）。一个又一个任务来了，一个又一个的任务解决了。非常带劲，非常充实。我开始意识到，真正的自由不是看起来的自由，而是人内心的自由。当你有了一颗真正自由的灵魂，就不需要去特意追逐所谓的乌托邦，因为你就是自己的乌托邦。

现在回到地面上，来说说这位正在低潮期的朋友。我也没有觉得她这样多么不好，我一向认为，低潮是人生的必经历程。一帆风顺多没劲，没有经历过痛苦，感知快乐的触角也会短小很多。

我当然也有过低潮期，记得那个时候，一遍又一遍听陈绮贞的《流浪者之歌》：

“我的双脚，太沉重的枷锁/越不过，曾经犯的每个错/希望若是有，绝望若是有/怎么会，换不回最初的承诺……”

是想要飞而飞不起来的无力感。因为不管身体还是精神，都太过稚嫩虚弱。

而现在回顾那段时光，其实也有很多收获：读了很多书，聆听了很多音乐，写了很多日记……虽然很少抛头露面，但认真感受了这个世界。

那沉静的独处时光，当我走出来后，还是非常怀念，以至于那份沉静嵌入我的身体和灵魂，反映在了我的气质（他人说），还有我的作品里。

记得我写《侧耳倾听》这首歌，就是从深深沉浸这种状态刚刚走出来的情景：“侧耳倾听，睡柳及盲女。侧耳倾听，杯盏盛落雨滴……”侧耳倾听是一种能力，热衷倾诉，则是一种瘾。

这个观点，最近龙应台帮我升华了。7月18日，她在香港书展做了一个演讲——有没有可能开启谦卑的大倾听时代：“倾听大海对岸的人，无论你在哪一边；倾听你不喜欢不赞同的人；倾听前一代人所隐藏的记忆。倾听是记忆的开启，开启一个不残酷的时代，每个人都有责任尽一切努力让战争不再发生。这是对年轻人的挑战，倾听是21世纪华人文明价值的起点。”

不过，作为一个小小的个人主义者，在没有肩负那么重大使命的情况下，我只想自由快乐地飞翔——让我为你飞翔，在你残破的天空之上。

女性的自我退化

文/琅川

一个人在什么情况下，最能展示真实的自己？当他/她独自一人的时候。

一个人在什么情况下，最不像他／她自己？在异性面前。

所以，男人永远不可能真正了解女人，他们极有可能一生都无法识破自己娶的呆萌傻其实是个心机婊，此刻踩着十厘米猩红高跟鞋站在面前的大波辣妹，独自一人时披头散发通过地下通道。而所有平时鲁智深似的姑娘，在面对异性时，都有可能弱成林黛玉。

我身边大把平日鬼见愁般难搞的姑娘，面对异性时，都成了枉凝眉。所以，从某种角度讲，男人确实是女人的进修课程，他们使女人看似更优雅、更温情、更具女性魅力，但这些极有可能只是表面现象，如果姑娘们为此高兴，恐怕为时尚早。

微信朋友圈常有女性们转发内容为“男人该如何如何顾家，男人该如何如何爱老婆”的文章，这类文章无一例外宣称如果一个女人太优秀了太独立了，那是她的伴侣的可悲，用陈奕迅的歌词唱就是“被爱的有恃无恐”，一个女人太懂事，只能说明身边的男人不爱她。因此，深得广大女性追捧。

我也常看到另外一种女性励志文，就是女人如果你拼爱情拼婚姻失败了，那么，你至少还可以拼自己拼事业，看似励志，其实，是把女人拼自己归置成了退而求其次的无奈选择。我换个说法来问：一个人，不管他是男人还是女人，在什么情况下，拼自己成了退而求其次的选择，难道不滑稽吗？

我见过一些聪慧的女性，她们有很好的社交能力以及专业能力，为了家庭最终退居幕后，成为全职主妇，她们自认为家庭为老公为孩子做出了巨大的牺牲。可是十年后，你发现这些原本很聪慧的女性，变得偏激、俗套、张长李短，变得非常情绪化、空想派，往日的聪慧理性消失殆尽。因为她们长期与外界没有深入融合，与社会脱节，远离人际社交，远离压力风险，变成非常理想化的自我催眠。

我身边也有刚刚谈婚论嫁的姑娘，在业界非常知名的公关公司，前不久刚提升为部门经理，可正是这位姑娘，在我调解小夫妇俩吵架闹矛盾的过程中，她最后扔了一句“一个男人就不该跟自己的女人讲道理，这是男人不该做的事情”。我听完愕然。一个在外具备非常好的公关沟通能力的女人，面对自己的另一半时竟然如此无理取闹，且不以为耻。这就是我说的，女性面对异性时的自我退化。她们没了理智、没了教养、没了独立能力、没了自我进取自我承担的精神。

而那些甘退二线当全职主妇的女性，当初没有人强行要求她们。她们为什么要甘心退居二线？因为二线更安全保险，不用承担更多外在压力、外在风险，虽然她们也会承担其他的压力和风险，比如老公挣得不够多，比如老公在外面太光鲜，但这些风险相对来说是间接的，她们只需花大把的时间和精力不停念叨自己的男人和孩子，以及没事像防贼一样防着自己的男人。她们以为有家有子万事足，所以把自己男人推到一线去，而自己则感动自己为家庭所做的牺牲和奉献。

我常听各路姑娘说“等成家就好了”，这种是典型的“托付他人”心态，当一个人把自己的命运际遇打包甩给别人承担负责的时候，便同时失去了主动权。主动权，这是我一直强调的一个东西，在我眼中，没有性别之分，每个人都不该丧失主动权受制于人。我不觉得女生为男生跳楼是痴情，男生为女生跳楼是活该，在我的观念里，无论是为谁，我们都不应该去跳楼，因为没有任何人值得我们这么做。

我在网上看到这样一句话，说“聪明女人应该懂得在男人面前示弱”，这话初听上去很有一番道理，但细想一下，“示弱”应该是一种社交方法，并不该有性别之分，不能作为男女两性关系中男性来要求女性的准则。

正是这种“诱导”使得那些秉性刚直不懂示弱的姑娘被人们冠以“蠢”或“活该”，这又何尝不是男权？遗憾的是，直至今日，深受追捧的，依然是那些教导女人拼男人、拼爱情、拼婚姻的言论，整个社会衡量一个女性的成功标准，依然在于她是否婚姻幸福，而一个婚姻不顺的女人，无论她外表多成功光鲜，人们都认定她的内心一定如一只年久失色的胸罩，破了洞也说不定。

我们惯常设想那些成功的女性都百孔千疮。在这种价值评判下，更多的女性陷入“自我退化”而不自知，尚沾沾自喜，认为自己无比贤良，饱含舍生取义的精神。知名者如影星王艳，尽管她有知名度、有才华、有人脉，但在录制现场，年幼的儿子仍脱口而出“妈妈只知道花爸爸的钱”，态度里不乏轻蔑。

女人总是希望自己的另一半看到自己的付出和不易来怜爱自己，而与“怜”相关的一个字是“垂”，一种自上而下的态度。所以，绝大多数中国男性对待自己的另一半多是这种态度，而非欣赏和尊重。要怪男人吗？当然不是。因为这是女人们给自己处心积虑量身打造的情景模式，并沾沾自喜以此为荣。所以她们习惯并乐意维系长期失衡的两性关系，而来嘲笑那些“大龄单身女”“二婚女”“离异女”，她们宁可接受来自婚姻的折磨，也不要放弃婚姻，因为她们的所有价值已经全部绑在婚姻上，绑在自己的另一半身上，如果割离这些，她们将认为自己无比失败，毫无价值。

这就是我一直强调的，为什么不要把希望压在别人身上，自己充当附属部分。颇为讽刺的一点是，越是全身心效忠家庭效忠男人的女人往往越不能掌握自己的婚姻，在婚姻里越没有话语权。有人说我将婚姻比照得特别现实，在我看来，婚姻关系只是人际关系中的一种，不能脱离人际关系中的根本原则而存在——你没有旗鼓相当的资本，凭什么来跟我谈条件？所以，那些想拼男人忠诚、拼婚姻长久的女人，就算围魏救赵、曲线救国，你也应该先拼自己！人性未教化的先天缺陷是每个人都想占便宜，人类社会构建的文明准则是不要占别人的便宜，放之两性（同性）婚姻家庭，也没什么两样。

没败过家的人生算不得完整

文/白的的

李梦打开历史购买记录，页面不断下翻，一个月前，三个月前，一年前。页面翻动得越来越慢，她的手停下了。

油盐酱醋，大米小米，搬家用的拖把和垃圾桶，老妈的手套和围巾，老爸的围棋和鱼缸，老公出差加急补购了拉杆箱，出去旅行买了电话卡。当然最多的，还是娃的零嘴玩具、围兜鞋帽、湿巾、尿不湿……

这一年多，竟没败过家。没买过华而不实的货，没买李梦自己的东西。

甚至这次翻找记录，也是为了娃。“双11”之前，大家都在问：“你购物车里囤的啥，推荐几个？”去年李梦跟风买了德国的积木，今年有人说儿童棉袜不错。李梦一想，冬天来得早，是该买了，之前那家店好像还不错。这么匆匆一翻，没等找到棉袜，倒先找到一段愁思。

从什么时候开始，购物车里换了模样呢？

那件粉红色的皮草？李梦一搜，竟是四年前的订单了。这件獭兔毛外套，长不及腰，袖子遮不住手腕，脖子全部露在外面，娇嫩的颜色耐不住折腾。要说保暖，实在勉强，但它好看啊，惹眼啊。为了配它，后来的几单分别是漆羊皮手套、黑色宽檐礼帽、粉色钟形帽（戴过一次）和黑色高跟过膝靴（穿过一次）。

少不更事的姑娘，真有闲钱。茶叶要分英国的、日本的、云南的；开一个轰趴（家庭聚会），搞了十多瓶甜酒，每种打开喝几口，搁下了。精油、熏香、腮红、化妆棉。光橙色唇彩就买了七支，各种指甲油买了一百多瓶……

真不是富裕。李梦分明记得，那时候的订单，是花了许多时间精挑细选的。不仅自己研究，还和闺密讨论，互相试用，心里痒痒得“长草”，转了一圈再忍痛“拔草”，算不上手欠。

就说那唇彩吧，是几年前的当季流行色，分橙红和橙黄，亮光和亚光。为了省钱，李梦买的都是专柜试用装，一小支一小支的，迷你可爱。买指甲油，更是为了省钱。算一下，做一次指甲八十元，一瓶正装指甲油才七十元，分装版才三十元左右。做几次指甲的钱，够买好多颜色，再加上姐妹们一批批换着用，可比在店里做指甲划算。

每次有人问起，李梦都这样算账，理直气壮。

她不想说的是后来。那唇膏是美，效果也算惊艳，但试用装不靠谱，没用两次就折断了。指甲油呢，等终于配齐了颜色、护甲油、做指甲的全套工具，却几乎没用上——李梦怀孕，一整柜指甲油，七七八八分着全送了闺密们。

是啊，购物车的变化，是从身份变化开始的。

李梦结婚了，变成了妻子、主妇、妈妈。购物车里多了许多始料不及的物件。娃出生，多了奶嘴奶瓶；老爸生病，多了康复仪、握力器；老人帮着带孩子，多了红豆牌的冬夏内衣，双卡双待手机。

买东西的方式也变了。李梦不再守候爆款上新，更没时间结伴秒杀。网上有超市，牛排、秋葵、大枣、苦荞，她在上下班路上，花五分钟就能搞定。买厨具，她不再研究釉面和造型，只考虑耐不耐摔。买衣服，她不再研究款式，只看看尺寸合不合适，耐不耐脏。

满世界都在讨论“剁手节”，谁买过哪些败家货，哪些好货值得买。李梦这才发现，自己的世界，不知什么时候变空虚了。

不仅购物车没装满，“败”的欲望和罪恶感，也没装满。

那些作个没够的岁月里，李梦是公主，是女王，是败家犬，时间、心思和钱都花在自己身上。现在时间、心思和钱全部分给了别人，那自己是什么？

这个飘荡着钱味的节日，提醒了李梦。某种程度上，没败过家的人生算不上完整，没剁过手的人也算不上幸福。有时候太务实，太宜室宜家，未必是最完美的人生。

因为没有留给自己什么。

至少留一点点吧。一点时间用来发呆，一点心思用来做梦，一点钱用来败。无论这一点是多少，几毛钱、几分钱也好，不能弄丢了。毕竟这是自己的人生，也需要浇水，需要呵护，不能只为了别人而活。买买买，买的不完全是东西，是用物质爱自己的方式。

欲望和实际需要可能在两条轨道上，但它们同样值得被正视。有人看了一整天白色长裙，货比十家，到五点下班前匆匆买了几只包邮的牙刷。看似风马牛不相及的选择，背后是真实的人生。

被丢在角落、蒙了灰尘的欲望，终有一天会被点燃。六十岁的女人想穿红色大花袄，“老来俏一俏”；四十岁的女人去专柜直奔“少女装”，买回一堆蕾丝小可爱；中年男人玩起了车库摇滚；喜爱TFBOYS的歌迷，许多是妈妈辈的阿姨。有些时候，看似不相称的事物，来源于长期的忽视和压抑。

道理真的是这么个道理。然后呢？

李梦在购物车里放了一双小羊皮质地的“走秀鞋”，冬天穿太冷，夏天穿太热。目前还没找到穿它的场合，但她已经找好了买它的理由。

在中国，伴娘是一种高危职位

文/史卡罗

一·

请恕在下孤陋，长久以来，听说身边的未婚女性去做伴娘，我都是抱着赞赏的态度，因为我以为这是一个相当体面的、包含荣耀与信任的职位。如果不是包贝尔的婚礼，我真的不知道，原来做伴娘，也是如此高风险。

小时候做错事会有后果，现在才知道原来当伴娘也有后果。

伴娘，不仅仅是陪在新娘旁边的美美的姑娘，更是一个可以供调笑、取闹的对象，在当天的婚礼场合中，可能要被吃豆腐，需要气定神闲，对在婚礼中出现的各种恶俗与恶趣味见怪不怪，主动参与，哪怕你是明星，哪怕这是明星的婚礼，“你干吗端着啊？”

包贝尔在道歉信中，不承认婚礼中有不当风俗：“我尊重每一位女性，我与你们一样憎恶那些婚闹，憎恶那些伤风败俗的陋习，然而事态的发展都是我始料未及的，也是任何人都不愿意看到的。”

包贝尔又承认主意是他出的：“婚礼的游戏设计原本要玩撕名牌，但是因为衣服被海关扣了，只能临时修改环节，变成双方对抗下水，伴郎赢了进门，伴娘赢了拿红包。这个主意是我出的，与他人无关……”

“对抗下水”是一个蛮难理解的字眼，不过我们可以很合理地还原一下婚礼策划环节的情景。作为这么隆重的婚礼，来的宾客特别多，一些互动的游戏是不可缺少的，本来可以撕名牌，因故改成了抛伴娘下水，选谁好呢？大家不约而同地觉得柳岩最合适，性感，平时又有出位感，如果她湿了身，曼妙身姿若隐若现，现场气氛一定很“嗨”，而且考虑到大家比较熟，她绝对不会生气，作为可选的“入水对象”，这会儿伴郎中没有人想到贾玲……一定要保密噢！

二·

万众期待的婚礼开始了。一切按部就班。来到互动环节，达成默契的伴郎们忽然动手，把柳岩抬起来向泳池走去，现场所有人吼叫着围观，手机、相机们快速工作。这时，忽然出现了意想不到的情况。

第一，柳岩反应过激。

聪明如柳岩这样的女子，深知自己身体对男人的诱惑，表面上看也不介意释放这种魅力，但马上要上演自己曲线毕露从泳池里芙蓉出水的戏码时，她居然拒绝了，反抗了，真的反抗了！

第二，贾玲挺身而出。

如果柳岩是半推半就，贾玲肯定就围观了，当她看出来柳岩是真的不想下水时，果断站出来轰散了伴郎：谁叫她是贾玲呢！假如她不在场，接下来会……

在群众被这段视频闹得嘴里长草的时候，柳岩出来流泪道歉，录了一段三分钟的视频。

“造成了一些巨大的伤害或困扰……”柳岩的道歉殊不可解，作为受虐者，你在什么方面给大家造成了困扰？难道完整的句子是：“由于本人当时没有按计划落水，引起了不必要的麻烦，给大家造成巨大的伤害或困扰……”

在现场，当她从地上站起来时，不知道有没有人询问柳岩：“你刚才为什么不配合一下？”在落水这个大是大非的问题上，我觉得，至少作为艺人，柳岩很爱惜自己的羽毛。

三·

巴厘岛，梦幻之岛，远离本土，婚礼如果设计合理，“对抗下水”不一定就是“传统恶俗”，但对于包贝尔来说，这个由他设计的环节，无疑就是婚礼最大的败笔。

柳岩没落水，微信微博里沸反盈天，“被网络暴民（挺包贝尔者语）闹得不可收拾”，柳岩湿身了，娱乐新闻一样鸡犬不宁，新闻很有可能是“柳岩落水酥胸半露诱惑新郎或伴郎”，无论哪种结局，对一场婚礼来说，都难称理想！

有人觉得这真的只是一件普通的小事，伴郎们包括新郎基本也这样认为。包贝尔不大不小也是个明星吧，他一定也希望自己可以成为更大的明星，乃至巨星。而身为明星，最重要的觉悟就是：你要用明星的标准来要求自己！拿钱的时候，知道自己是明星，开玩笑的时候就把自己当普通人，这样的特权真没有。

刘德华说：“我拿片酬，演好是应该的，演不好，达不到你的水准，你来骂。”

演戏的时候，片酬按明星的标准，水平按群众演员的标准；办婚礼的时候，档次按明星的标准，趣味按普通人的标准；物质享受按明星的标准，道德按普通人甚至低于普通人的标准，无论到哪儿，都说不过去吧？对于名人来说，不要求你成为道德的化身，至少，在正式场合，你不要表现得比很多普通人更缺乏教养。

一群大男人，在婚礼上把一个女性抛到水里，完全没有想过，同在娱乐圈，这会给对方带来什么样的尴尬，如果是智商与情商没有问题的话，那只能说明，对方没把你当回事。

一个女性，因为工作需要，走的是性感路线，就应该被在非工作场合如此对待？事后应该道歉的人轻描淡写，倒是被害者痛哭流涕，提醒我们，女性依然处于这样的位置——红颜祸水。

据考，伴娘这个角色，传统中国婚礼里是没有的，中国婚礼里，随嫁的“媵”，类似于小妾或者婢女，不同于今日由西方婚礼引入而来的伴娘角色。

维基百科里，关于bridesmaid（伴娘），说明是“A junior bridesmaid has no responsibilities beyond attending the wedding.”（伴娘没有超出参加婚礼之外的责任。）

而中国的伴娘，被赋予了她们在西方本来没有的责任：帮着为难新郎、帮着衬托新娘、帮着挡酒、帮着避免尴尬。随便上网搜搜，你能看到大量的伴娘被花样骚扰的新闻，从这个意义上说，姑娘们要做中国婚礼上的伴娘，请先评估一下自己的“实力”。

那是时间回来了

文/柴岚绮

一·

前两年有人送过手账给我，以为是专门记账用的，就有点抗拒——鸡毛蒜皮，哪里值得用这么漂亮的本子来记录啊。

后知后觉地发现，原来，手账是可以当作生活日记本的——每天的琐事备忘，或者突然感受到的一点心情起伏，都可以随时随地掏出记下。当时不以为意，慢慢攒起来，回过头再翻一翻，那些飞快溜走的几乎没有留下痕迹的日子，就在那或认真或仓促的笔迹间，又新鲜地温习了一遍。

女友A和我差不多时间成了手账的粉丝。她说，手账有一个好处，当我和爱人吵架以后，冷静下来，我会一个人拿出手账，专拣那些和他有关的记录看一看。

她把她的手账本掏出来，有些不好意思地给我念其中的一些片段：

今天他开车，绕路送我的一个朋友去火车站，结果上班迟到了。

他把我摔得四分五裂的牛奶打泡器修好了。

他刚到家，还没吃晚饭，我父亲打电话说家里的小锅炉好像有问题，其实他也不会修，没顾上吃饭就去了我父亲家。

我对他大吼，他今晚吃了大蒜就该睡沙发，他不好意思地笑了。

那件衣服他并不觉得好看，但他说，你需要，就买下。

我向他复述今天在公交车上和一个人发生的争执，他还没听完就满脸气愤地说，这个人太不像话！

我说真不想上班了，他说，我支持你的每一个决定。

她念完上面这些，沉默了几秒钟，说：其实我特别后悔，以前没有记下这些琐琐碎碎的瞬间。最难忘的应该算是生孩子的时候，那是过年，除夕是在产房度过的，他独自照顾我，已经熬了三个夜晚。我在吊水，剖腹产。小婴孩睡着了。窗外谁家在放烟花，特别的美，窗户是双层的玻璃，听不到声音，只看到那升起又坠下的沉默绚烂的绽放。他握着我的手。我说，你对我这么好，我以后也要对你好啊。他开玩笑，以后你生我气的时候，一定要记得这句话啊。

但是，真到吵架了，我总是想不起来当时说过的话。作为一个有火暴脾气的人，我常常会很决绝地说出：怎么这么倒霉居然找到你这种人！再也过不下去了！

虽然向往，但真不是每一对夫妻都能成为心灵特别默契的朋友，光阴经年累月走下去，只会把彼此的性格缺陷看得更加清晰。那些从前用来安抚的“我爱你”之类的话语，也渐渐淡出生活。各种压力、负担，各种不能彻底澄清和说明的生活误会，让心情有时会陷入低沉和失望当中。这种时候，是需要借助一些东西来修复的——她合上手上的本子，向我举起来——比如这个手账。记下的都是再普通不过的小事情了，但是当我温习这些被疏漏的细节，我知道他是爱我的。

恋情渐渐变成亲情，唯有记下，才不会遗忘，才可以用这些日积月累的“好”，抵抗细水长流生活里漫长的乏味和无趣。

二·

女友B也有一本手账——那是一个便于携带的速写本。她喜欢画画，每到一处，看到喜欢的事物，就会掏出来，飞快地勾勒轮廓和线条，作为油画的素材。

夏天的时候，她去瑞士看望做研究的儿子，住在苏黎世。她不懂英语，不敢走远，只是每天在住地附近漫无目的地走上一阵，速写本里最多的就是当地的寻常风景——铺满云朵的天空，门口摆放着鲜花的人家。在那些画的旁边，她简短地记录着：

今天的天真蓝，蓝得好想哭。

拐角人家门口的紫阳花美极了。

对面走来一个外国老头，对我说了很多话，很热情，可惜我一句也听不懂。

这是儿子上班的地方，在一个小山坡上，很漂亮的一栋小楼，他每天就待在那个亮灯的房间里。

那个“儿子上班的地方”，她画出来了，明亮的窗口，窗前有绿树，屋后是远山。那是周日，儿子惦记着实验室里的进程，就带她一起去了上班的地方，她在外面等着儿子，一直仰着头，看着那个亮灯的房间。每次翻到这一张，她就要说：那里的环境真美，可是总是独自加班的儿子，他有时会不会感到寂寞？

三·

我上初中的女儿也拥有了自己的手账——就是普通的笔记本。她喜欢用简笔画记录情景和心情。明天要考试了，她就会画一个扎马尾辫的小姑娘，手举一块“奋斗”的沉重大牌。作业太多，她会一边抱怨一边在本子上写一段抄来的鸡汤座右铭——此刻打盹，你将做梦；此刻学习，你将圆梦。

她的小本子上，有日常小事件，也有我们全家一起出门的图画记录。比如，这个春节全家去苏州闲逛，她画下人群中的一家三口——冷静的她和她的爸爸，后面走着的张牙舞爪的妈妈。旁边配的台词是：从坐在动车上就一直处于兴奋之中的妈妈。

我们去我念叨了一路的苏州诚品书店，她画下一面镜子，镜子前有个扭腰试背一个包的妈妈，旁边配的话是：妈妈看上一个帆布包，但是太贵了，她舍不得买，对着镜子不停地搔首弄姿……

啊，竟然如此丑化你老妈！看到这里，我做出绝对不能忍受的表情，女儿夺过她的笔记本。“爸爸快救我！”

都说时间过得太快太快，“大约日子太好过了，”我妈常常这么感叹，“一眨眼这一年又过去了三个月，真不想这么快啊。”

地球的闹钟是不是被拨快了，我也总想找点什么事物来做积极的对抗。现在，我决定持续地记录手账，当时只道是寻常，隔些日子回看，点点滴滴聚成一股小小的暖流，像晨起的一杯温水，润过心口——那是时间回来了。

图书在版编目（CIP）数据

做一个自己喜欢的女子：温柔且坚定 / 林特特，艾小羊主编 .— 长沙：湖南文艺出版社，2016.9
ISBN 978-7-5404-7790-5

Ⅰ.①做… Ⅱ.①林… ②艾… Ⅲ.①故事—作品集—中国—当代 Ⅳ.① I247.81

中国版本图书馆 CIP 数据核字（2016）第 218464 号

上架建议：畅销 | 文学

ZUO YI GE ZIJI XIHUAN DE NUZI: WENROU QIE JIANDING

做一个自己喜欢的女子：温柔且坚定

主　　编：林特特　艾小羊
出 版 人：曾赛丰
责任编辑：薛　健　刘诗哲
监　　制：蔡明菲　潘　良
策划编辑：邢越超　张思北
营销支持：李　群　杨清方　张锦涵
版式设计：潘雪琴
封面设计：张丽娜
封面摄影：CEREUS 赵翔
品牌合作：清　唱
出版发行：湖南文艺出版社
（长沙市雨花区东二环一段 508 号　邮编：410014）
网　　址：www.hnwy.net
印　　刷：北京尚唐印刷包装有限公司
经　　销：新华书店
开　　本：880mm × 1230mm　1/32
字　　数：181 千字
印　　张：9
版　　次：2016 年 9 月第 1 版
印　　次：2017 年 4 月 1 版 2 次
书　　号：ISBN 978-7-5404-7790-5
定　　价：39.80 元

质量监督电话：010-59096394
团购电话：010-59320018